喵博士讲希腊神话

驾太阳车的法厄同

何 敏 奥 楠 冯 帆 ◎ 著

时代出版传媒股份有限公司
安徽少年儿童出版社

图书在版编目（CIP）数据

喵博士讲希腊神话. 驾太阳车的法厄同 / 何敏，奥
楠，冯帆著. — 合肥：安徽少年儿童出版社，2019.8（2022.1重印）
ISBN 978-7-5707-0494-1

Ⅰ.①喵… Ⅱ.①何… ②奥… ③冯… Ⅲ.①神话 –
作品集 – 古希腊 Ⅳ.①I545.73

中国版本图书馆CIP数据核字（2019）第119389号

MIAOBOSHI JIANG XILA SHENHUA JIA TAIYANGCHE DE FAE' TONG

喵博士讲希腊神话·驾太阳车的法厄同 　　　　　何 敏 奥 楠 冯 帆 著

出版人：张 堃	策 划：黄 馨	责任编辑：黄 馨 郝雅琴
责任校对：邬晓燕	责任印制：郭 玲	绘 图：刘 丽
装帧设计：侯 建		

出版发行：时代出版传媒股份有限公司　http://www.press-mart.com

　　　　　安徽少年儿童出版社　　　 E-mail：ahse1984@163.com

　　　　　新浪官方微博：http://weibo.com/ahsecbs

　　　　（安徽省合肥市翡翠路1118号出版传媒广场　 邮政编码：230071）

　　　　　出版部电话：（0551）63533536（办公室）　 63533533（传真）

　　　　（如发现印装质量问题，影响阅读，请与本社出版部联系调换）

印　　制：阳谷毕升印务有限公司

开　　本：635 mm×900 mm　　1/16　　印张：8.75　　字数：62千字

版　　次：2019年8月第1版　　　2022年1月第3次印刷

ISBN　978-7-5707-0494-1　　　　　　　　　　　定价：29.80元

目录

驾太阳车的法厄同

在天上，有一座巍峨华丽的宫殿，宫殿的柱子上镶嵌着黄金和宝石，闪闪发光，尊贵的太阳神正威严地坐在宫殿里的宝座上。一个人间的少年悄悄倚在宫殿的门口，想进宫殿又犹豫不前。这个少年是谁？他怎么敢私闯太阳神的宫殿？

原来，他是太阳神在人间生的孩子，叫法厄同。他从小就跟着母亲在人间生活，被母亲惯坏了，养成了霸道的性格，听不进去道理，想要什么就一定要得到。殊不知，就是这样的性格，为他招来了巨大的灾祸，并给人间带来了灾难。

太阳神看到自己的儿子在殿外徘徊，连忙招手，慈爱地说："法厄同，我的儿子，快过来，让我看看你。你怎么会到这儿来？"

法厄同连忙扑过去，跪在宫殿里，呜呜大哭起来："爸爸，地上的人们都嘲笑我，他们说我是个野孩子，没有人相信我是太阳神的儿子。所以，亲爱的爸爸，求求您赐我一份礼物，让我能证明我真的是您的儿子！"

太阳神把儿子叫到面前，亲热地拥抱了儿子，答应道："我可怜的孩子，你当然是我的儿子了。你想要什么礼物我都会答应你的。我发誓，无论你的愿望是什么，我都会满足你。"

"那，就让我驾驶一整天您的太阳车吧！它金灿灿的，还有四匹马来拉呢，真是太威风了！人们只要看到我驾驶您的太阳车，就知道我是您的儿子了！"法厄同激动地说，眼里闪烁着亮晶晶的光芒。

"什么？太阳车？！"太阳神一听这话，吓得脸色发白，他非常后悔自己刚才说的话，真不该这么大意地承诺了儿子，"不行！太阳车太危险了，它前进时会燃起熊熊火焰，拉车的天马也会喷出火花，驾车的人一不小心就会被烧死。许多神仙都不敢驾驶，你一个年轻的凡人怎么驾驭得了？孩子，你换一个愿望吧！我一定满足你。"

"不！爸爸！"法厄同挣脱父亲的怀抱，气愤地哭闹着，"您刚才答应了我的！您是神，您不能失信于人。"

太阳神苦口婆心地劝说道："孩子，不是我想反悔，而是太阳车真的太难驾驭了，就算是我，也得小心翼翼的。每天黎明，太阳车就要出发，攀登一条非常凶险的天路，中午必须到达天空的巅峰。那里实在太高了，连我都会觉得头晕。当然，下坡也不轻松。天马疯跑起来，你根本就拉不住。所以，孩子，驾驶太阳车可不像看起来那么威风，这并不是人人都能做的事，爸爸实在是担心你啊！乖儿子，换一个愿望吧。"

法厄同跪下恳求道："爸爸，您就答应我吧！求求您了，我就只有这一个愿望，只要满足了我这个愿望，以后我什么都听您的！"

太阳神看儿子法厄同一再恳求，为难地在太阳神殿里走来走去。君子一言，驷马难追，他可是太阳神，不能说话不算数啊。最后，他叹了口气，既懊恼又担忧地把儿子带到太阳车前，仔细地向他叮嘱要注意的事项："孩子，记住，在天空中一定要走直线，不能偏左，也不能偏右。还有，不要飞得太低，太低的话地上就会着火；也不要飞得太高，太高的话会烧到天空。"

法厄同紧紧盯着神气的太阳车，他忙着赞叹车上的宝石和金银有多么华丽，想象着自己站在车上会多么神气，父亲说的话他一个字都没有听进去。

黎明到来了，太阳车必须要出发了。太阳神忧心忡忡地让仆人把马车准备好。临走前，他还是不放心，将一种可以抵抗火焰的神奇药膏涂抹在法厄同的身体上，希望它可以帮助儿子抵挡住车轴上炙热的火焰。他最后告诫儿子："孩子，千万不要用鞭子，因为马儿自己会跑得飞快；你一定要紧紧地拉住缰绳，让它们跑得慢一点。"

　　法厄同根本顾不上听父亲的嘱咐，他迫不及待地跳上马车，得意地拉起缰绳："爸爸，看我的。"他一甩缰绳，马儿就发出长长的嘶鸣，法厄同驾驶着太阳车上路了。

　　起初，法厄同得意极了，他威风凛凛地站在车子中央，仿佛自己就是伟大的太阳神。马儿冲破晨雾，太阳车在空中颠簸摇晃，很快，马儿感觉到车上的重量比以往轻，便肆意狂奔起来。法厄同被马车颠得晕头转向，竟找不到行驶的路线了。马车一会儿向左，一会儿向右，他胡乱拉扯着缰绳，完全不知道该怎么控制方向。

　　马儿偏离了原本的路径，跑得飞快。法厄同从天上朝地面望，吓得面

色惨白，两腿颤抖。他有些后悔了，想退回去，但是父亲的宫殿早已望不见了，而前路又一片茫茫。法厄同手忙脚乱，颤抖地冲马儿呼喊着："停下，快停下！"马儿根本就不听他的话，继续撒野狂奔。

法厄同一着急，就拿起鞭子往马儿身上抽去。这下可不得了！马儿更加疯狂地横冲直撞，它们忽而飞跑向上，忽而奔腾而下。当它们掠过云层，云彩就被烤得像火一样红；当它们奔向地面，大地就被烤得裂开。太阳车所过之处，大火蔓延，村庄和城市都被烧成了灰烬。河流中掀起滚烫的浪花，原本湿润的土地变成了沙漠。

全世界都在燃烧，法厄同身上的药膏已经不起作用了，他热得无法忍受，整个人仿佛被丢在火炉里。浓浓的黑烟让他看不清眼前的道路，也把他呛得直咳嗽。他的头发忽然碰到了一粒火星，头发上没有抹药膏，便腾地燃烧起来。

地神也被空气里的热气蒸得受不了，不得不向天王宙斯求救。宙斯看到这一切，觉得再也不能坐视不管了！

为了将世界从火海中拯救出来，他不得不向太阳车劈出一道闪电。法厄同跌下太阳车，犹如一颗燃烧的流星，落入大河深处，永远地沉睡了。太阳车和神马则被宙斯召回了天宫。

大火渐渐熄灭了，大地终于恢复了平静。太阳神亲眼目睹儿子的惨死，再看着因为儿子而生灵涂炭的大地，悲痛地蹲在宫殿里痛哭不已。法厄同的母亲更是整整痛哭了四个月。法厄同的三个姐姐，也整天在河边为弟弟的死而哭泣。天神觉得她们可怜，将她们变成了白杨树，她们的泪水也变成了琥珀。谁也无法挽回这桩悲剧。法厄同的任性，不仅害得自己丢了性命，还连累了天下的老百姓。

这个故事告诉我们，做事情一定要凭自己的能力，量力而行，不要鲁莽行事。例如，如果我们不会游泳，就千万不要冒险跳到河里去。后来，人们就把那些不听劝告、自不量力的行为，叫作法厄同行为。

喵博士
艺术
小学堂

《法厄同的坠落》

作者：［意大利］米开朗琪罗（1475—1564），伟大的绘画家、雕塑家、建筑师，文艺复兴时期雕塑艺术最高峰的代表，与拉斐尔和达·芬奇并称为文艺复兴后三杰。代表作有《大卫》《创世纪》和《末日审判》。

收藏地：英国温莎皇家艺术学院。

作品简介：这是米开朗琪罗画的一幅黑色粉笔画，小朋友可以看看宙斯发怒的样子——在画的最上方，他高高举起右手，手中拿着霹雳，准备给法厄同以重击。宙斯生气的样子十分可怕，就连宙斯的坐骑都吓得不停地回头张望呢！画面中部是被击中的法厄同，他和太阳车一同从空中坠落。因为没有听爸爸的话，法厄同这时候再后悔也来不及了。最下面画的是法厄同的三个姐姐和一个弟弟，他们为他的命运哀叹不已。靠在大水瓶旁的则是河神，他的出现预示着法厄同终将被收归于河水。以上这些人物构成了图画的三个部分，画面整体呈现出等腰三角形的结构，是米开朗琪罗在追求画面结构上的一个经典案例。

《法厄同在阿波罗的战车上》

作者： ［法国］尼古拉斯·贝尔廷（1667—1736），画家，主要以圣经故事和神话故事为创作题材。

收藏地： 法国巴黎卢浮宫。

图片来源：Wikimedia commons
https://commons.wikimedia.org/wiki/File:Bertin,_Nicolas_-_Pha%C3%A9ton_on_the_Chariot_of_Apollo_-_c._1720.jpg

作品简介： 除了米开朗琪罗的粉笔画，喵博士再给小朋友介绍一幅有关这则故事的名画。由于法厄同固执地要驾驶太阳车，他的父亲虽然不愿意，但无奈已经答应了孩子，只好让他上去，这幅图展现的就是在法厄同出发前，太阳神嘱咐他的情景。他告诉法厄同，一定要紧紧地抓住缰绳，不要站得太高，当心别把天空烧焦了。同时他指向黑暗的一方，最后一次劝说法厄同，希望儿子抛弃妄想，还是由老父亲给大地送去光明吧。这个故事也体现出古代西方人一诺千金的品质，一旦答应了孩子，即使有些时候并不赞同，父母也要说到做到，家长没有强势的命令，只有真诚的建议，最终的选择权还是要归还给孩子。

值得一提的是，一般认为，法厄同是太阳神赫里阿斯的儿子，但在后来的神话里，太阳神赫里阿斯逐渐和阿波罗混同。画家在画太阳神时，选择了手持里拉琴的阿波罗，在标题中，这驾太阳车也被叫作"阿波罗的战车"。

写故事的魔法棒
扫除三只拦路虎

　　小朋友，读了《驾太阳车的法厄同》，喵博士要再来给大家讲讲写故事的小魔法。这次的小魔法很简单——我们要扫除三只拦路虎。

　　在这个故事里有几只拦路虎，也就是几个比较难的词，有些小朋友可能没看懂。其实，这几个看起来比较难的词，都是纸老虎，一点儿也不可怕。我们一个一个地来解决它们吧。

　　先来讲第一只拦路虎。故事里是这么说的：

　　太阳神看儿子法厄同一再恳求，为难地

在太阳神殿里走来走去。君子一言，驷马难追，他可是太阳神，不能说话不算数啊。

这里有个词，叫作"君子一言，驷马难追"，这是什么意思呢？这个词，出自我们中国一本有名的书——《论语》。句子中的"君子"，是指品格高尚的人。这句话的意思是，一句话如果说出口了，就算是四匹马拉的车，也追不回来了。这就是说：人啊，得说话算数！

为什么故事里要用这个词，而不是直接说"太阳神要说话算数"呢？我们的故事这会儿在讲太阳神，这个词放在句子里，不仅写出了太阳神的尊贵，而且显得更有气势。以后你如果想要爸爸妈妈说话算数，就可以很有气势地跟他们说："君子一言，驷马难追！"看他们还好不好意思说话不算数！

第一只拦路虎已经被解决了！那我们再来解决第二只拦路虎。故事里有这么一段话：

黎明到来了，太阳车必须要出发了。太阳神忧心忡忡地让仆人把马车准备好。

这段话里有个词叫"忧心忡忡"。有的小朋友不懂这个词是什么意思。那就让我们像拆积木一样把这个词拆开来看一看——忧心的意思是心里面感到担忧；忡忡，就是一副忧愁的表情。这四个字加起来就是：心里愁，脸上也愁。

现在，你知道忧心忡忡是什么意思了吧？就是对什么人或者事感到担忧。例如：妈妈觉得马路上很危险，所以如果我们自己要过马路，她就会很担心，告诉我们一定要小心。这时候我们就可以说："妈妈忧心忡忡地对我说，过马路一定要小心啊！"

接下来，我们再看看第三只拦路虎是谁。故事里还有这么一句话：

太阳神亲眼目睹儿子的惨死，再看着因

为儿子而生灵涂炭的大地，悲痛地蹲在宫殿里痛哭不已。

这里有个词叫"生灵涂炭"。这个词的难度有点大，许多小朋友都不懂它的意思。没关系，我们继续像上一个词一样，把它拆开来看看——生灵，是指老百姓；涂是指烂泥；炭指的是炭火。连起来的意思就是老百姓陷于泥潭、掉进火坑。

泥潭又脏又臭，火坑会烧伤人，如果待在这样的地方，是不是特别惨？所以，生灵涂炭这个词的意思就是：老百姓生活在特别艰难的环境里，过得特别凄惨。例如：抗日战争爆发了，我们的祖国大地上生灵涂炭。这下，你理解了吗？

小朋友，这次我们一起扫除了三只拦路虎。你再好好回忆一下，都是哪三只呢？第一只是"君子一言，驷马难追"，第二只是"忧心忡忡"，第三只是"生灵涂炭"。哇，你好厉害啊，又学会三个特别厉害的词了！

音乐家俄耳甫斯
寻妻

　　太阳神阿波罗和掌管文艺的缪斯女神生下了一个聪明可爱的男孩，并给他取名俄耳甫斯。这个小家伙遗传了父母的音乐天赋，生下来就会演奏乐器，还有一副好歌喉。阿波罗知道俄耳甫斯有才华，决定好好栽培他。在俄耳甫斯过十二岁生日的时候，阿波罗送了一把七弦琴给他，哪知道小家伙拿到琴就开始演奏，根本不用人教，还一边弹，一边唱，美妙的音乐像山泉一样哗哗地流淌了出来。在座的人久久陶醉在那优美的旋律中无法自拔，阿波罗也对他十分赞赏。

　　随着年龄的增长，俄耳甫斯的名气越来越大，逐渐成为希腊最有名的音乐家。他甚至因为自己的音乐才华，建立了丰功伟绩，被人们当成大英雄。这是怎么回事呢？

有一次，俄耳甫斯和希腊英雄们乘着一条海船回国，途中经过一座海岛，海岛上居住着许多海妖。这些海妖会唱迷惑人的歌，把人骗上岛后就全部杀掉。大家都被海妖的歌声迷惑住了，竟然把船驶向那座海岛。这时，俄耳甫斯赶紧拿出琴，奏了一曲英雄的赞歌。琴声划破云霄，将海妖们的歌声压了下去，英雄们这才恢复了神志，赶紧把船划得离海岛远远的，保住了性命，最后安全回到故乡。

现在，大家知道俄耳甫斯是多么伟大的音乐天才了吧？但是他的爱情故事却很波折。

俄耳甫斯爱上了活泼可爱的欧律狄刻，他们情投意合，很快就结了婚。俄耳甫斯沉浸在新婚的快乐中，指尖下流淌的音乐也更加动人，谁都能从那旋律中听出幸福和美好。

一天，欧律狄刻带着侍女去湖边游玩。湖边的水草长得茂盛极了，欧律狄刻欣赏着美景，不知不觉走进了草丛深处。忽然，从草丛中蹿出一条毒蛇，在欧律狄刻的脚上飞快地咬了一口，然后就不见了。欧律狄刻先是感到一阵疼痛袭来，接着，就觉得腿脚发麻，瘫倒在地。侍女们惊慌失措，连忙去叫俄耳甫斯。可那条蛇的毒性太强了，等到俄耳甫斯赶到的时候，欧律狄刻的整条腿都发紫了。见她呼吸微弱，俄耳甫斯大惊失色，立刻抱起她去找医生，然而，欧律狄刻还是很快就被死神带走了。

失去妻子后，俄耳甫斯沉浸在悲伤中无法自拔。他用琴声和歌声诉说自己无尽的思念与伤痛，声音婉转而又悲伤，连高山和峡谷里的动物听到后都忍不住悲痛落泪，许多小鸟也飞到他的身边陪他悼念死去的妻子。但无论他怎么思念自己的妻子，妻子都再也回不来了。

有一天，一个大胆的想法从他的脑海里冒了出来："我要去死人们待的地方，也就是冥界，寻找心爱的欧律狄刻！"冥界是冥王哈得斯掌管的地盘，那里阴森恐怖，不但长年暗无天日，还有许许多多危险的难关。俄耳甫斯为了寻回妻子，决定要战胜一切困难。

他带着自己的七弦琴，下到冥界的入口，走过漫长的黑暗深渊，来到了冥河边，许多恐怖的幽灵在他身边飘来飘去。要怎么过河呢？河边停着一只小船，船夫却不肯渡他过河，俄耳甫斯只好坐在河边，伤心地弹起他的七弦琴。他的琴声是那么哀婉动人，船夫被感动了，驾着船把他送过了冥河。

上岸后，他又遇到了守卫冥界的三条恶狗，恶狗狂吠着向他扑咬过来，他连忙又端着琴奏起平静祥和的曲子，渐渐地，恶狗在琴声下变得无比温顺。他轻轻从恶狗身旁走过，终于踏上了冥界的土地。

最后，历经千难万险的俄耳甫斯终于来到了冥王哈得斯和他妻子所在的殿前。哈得斯可不是轻易就能被打动的神。俄耳甫斯拿出他的七弦琴，一边弹琴一边诉说他和妻子令人心痛的故事，眼里流下了悲伤的泪水。

他恳求哈得斯说："求求您把我的妻子还给我吧。

如果您拒绝我，那就让我也留在这里，我愿陪着我的妻子，不让她一个人在这里孤孤单单的。"

俄耳甫斯泣不成声，连那些守卫的鬼魂和一向以凶狠著称的复仇三女神，都被他感动得流下了泪水。哈得斯这个铁石心肠的冥王，竟然也被俄耳甫斯的琴声和倾诉感动了，他一挥手，让人把欧律狄刻召来了。

俄耳甫斯没想到幸福来得这么突然，他泪如雨下，倾诉着自己对妻子的思念之情。冥王见不得这种哭哭啼啼的场景，又挥挥手说："好了好了，你可以把欧律狄刻带走了！不过，有一点你要记住，在带她回去的路上，无论发生了什么，你都千万不能回头看她，不然她将再也不能回到人间了。"

俄耳甫斯满口答应了。和冥王哈得斯告别后，他满心欢喜地带着妻子踏上了回家的路。冥界的路黑咕隆咚的，什么也看不清，俄耳甫斯只能摸索着前进。欧律狄刻之前被毒蛇咬伤了脚，现在还一瘸一拐的呢，她蹒跚地跟着丈夫。俄耳甫斯走在前面，狠下心来不回头看她。

他们克服了重重难关，又渡过了冥河，眼看着就要到人间了。俄耳甫斯满心欢喜，喜悦冲昏了他的头脑，他忘了冥王的嘱咐，情不自禁地回头想拥抱妻子。就在他回头的那一刹那，妻子在他面前消失了，死神再一次将他的妻子拉回了冥界。可怜的俄耳甫斯历尽千辛万苦，结果却功亏一篑。他哭喊着要回到冥界去陪着妻子，可是冥河上的船夫再也不肯渡他过河了。

俄耳甫斯不吃不喝，在冥河岸边坐了七天七夜，试了各种办法也没法再见到妻子。他只好失魂落魄地回到人间，在悲伤和痛苦中沉沦。没过多久，他就离开了人世。

宙斯看他可怜，就把他的七弦琴高高地挂在空中，让它变成天琴星，点缀着浩瀚的天空。

喵博士艺术小学堂

《俄耳甫斯与欧律狄刻》

作者：彼得·保罗·鲁本斯（1577—1640），佛兰德斯（位于今比利时西部、法国西北部和荷兰南部）画家，被认为是佛兰德斯巴洛克传统中极具影响力的艺术家之一。他的作品强调运动、色彩和性感，受到广泛欢迎。鲁本斯专门创作祭坛画、肖像画、风景画和以神话寓言为主题的历史画。

收藏地：西班牙马德里普拉多博物馆。该博物馆早期以西班牙皇家收藏品为基础，是西班牙艺术品的最佳收藏地，拥有提香、鲁本斯等艺术大家的作品。

图片来源：wikimedia Commons
https://commons.wikimedia.org/wiki/File:Orpheus_and_Eurydice_by_Peter_Paul_Rubens.jpg

作品简介：

这幅画上，怎么画面黑漆漆的，这是哪里呀？猜对了，这幅画的背景就是所谓的冥界。俄耳甫斯带着他的七弦琴勇敢地来到了这里，向哈得斯和他的妻子珀耳塞福涅乞求，想要带回欧律狄刻，并最终打动了他们，将妻子带走。画面中的俄耳甫斯还没有转过头，而是用余光看着妻子，想要赶快离开。在他身后的欧律狄刻显得很快乐，临走时回望了一眼珀耳塞福涅。与她不同的是，珀耳塞福涅显得十分忧伤，用右手做了一个告别的手势。冥王哈得斯则呆呆地看着妻子，不知该说什么好。一边是明亮的即将离开的欧律狄刻，一边是阴暗的无法离开的珀耳塞福涅，鲁本斯巧妙地突出了这种情感上的对比。小朋友可能会问："为什么冥王的妻子不能离开呢？"在这里呀，我们先留个悬念，你继续往后看，很快就会知道珀耳塞福涅的故事啦！

　　小朋友，读了《音乐家俄耳甫斯寻妻》的故事后，喵博士又要带大家跟着名著去探秘啦。这次要探索的秘密是——"music"这个单词，来源于缪斯女神。

　　故事里讲到，阿波罗和掌管文艺的缪斯女神，生下了一个天才的音乐家，那就是俄耳甫斯。那么，你知道缪斯女神是谁吗？现在，喵博士就带小朋友一起来揭开这位缪斯女神的神秘面纱。

　　在希腊神话里面，一共有九位缪斯女神，共同掌管着艺术和科学。她们的领导是谁呢？没错，是阿波罗。阿波罗管的事儿还挺多，又管太阳，又管医药，还管文艺。

不过我们这次要讲的是缪斯女神。她们其实跟我们的日常生活息息相关。听说有的小朋友钢琴弹得很好，有的小朋友会唱歌跳舞，还有的小朋友文章写得特别好。如果有一天，别人跟你说："哎呀，你可真是被缪斯女神亲吻过的孩子啊！"你听了可别吓一跳："什么，我被谁亲过？别乱说！"

其实，别人这么说，是在夸你呢！夸你非常有才华！因为缪斯女神是掌管文艺的，所以人们经常用这句话来称赞一个人有才华："你真是被缪斯女神亲吻过啊！"如果人们哪天搞文艺创作时状态不好，就会抓着脑袋说："缪斯啊，快来帮帮我吧！"

还有些时候，你可能会听到有人对你说："哇！你真是我的缪斯女神！"这个时候，他的眼睛可能会一眨一眨的，里面闪着星星呢。这又是什么意思？我怎么变成缪斯女神啦！我又不姓缪。其实呀，这句话的意思是说："你就像缪斯女神一样，给了我灵感！"

人们经常把缪斯女神比喻成灵感。如果哪天小朋友写不出作文来，就可以跟你的爸爸妈妈说："唉，今天缪斯没到我的脑子里来。"不过，你也得好好努力，缪斯女神才会光临哟！

说了这么多的缪斯，你有没有觉得，这个名字听起来有点耳熟呢？你有没有发现，"音乐"的英文"music"跟缪斯的读音很像？难道，"music"这个单词，是从缪斯女神的名字发展而来的？没错！缪斯女神掌管音乐，所以缪斯这个名字就发展成了"music"这个单词。

除了"music"这个单词，"博物馆"的英文"museum"也是从缪斯女神发展而来的。在古代，人们修建了很多缪斯女神的神庙，用来收藏珍贵的艺术品，人们把这些神庙称为"缪斯的崇拜之地"。再后来，这些建筑慢慢发展成了博物馆。所以"博物馆"的英文就叫"museum"。现在，大家再记这个单词，就更容易了吧？

说到博物馆，小朋友，你知道世界四大博物馆是哪四个吗？有的小朋友会说："我知道，我知道，其中一个是法国的卢浮宫，我们前面读到过。"没错，其他的三个就是英国的大英博物馆、美国的大都会博物馆，还有一个是俄罗斯的博物馆，名字有点长，叫艾尔米塔什博物馆。

世界四大博物馆，怎么没有中国的故宫博物院啊？咱们的故宫博物院非常大，收藏的宝贝也特别多，但是，因为故宫博物院里面收藏的宝贝主要是我们中国从古代流传下来的艺术品，很少有来自其他国家的艺术品；刚才说的那四个博物馆，收藏了来自世界各地的珍贵艺术品。所以，人们说世界四大博物馆时，就没把中国的故宫博物院算进去了。

喵博士艺术小学堂

《诗歌三女神》

作者：[法国]厄斯塔什·勒·叙厄尔（1616—1655），法国绘画学院的创始人之一。他的作品朴实自然，令人感到亲切可及。

收藏地： 法国巴黎卢浮宫。

图片来源：Wikimedia Commons
https://commons.wikimedia.org/wiki/File:Le_Sueur,_Eustache_-_Melpom%C3%A8ne,_%C3%89rato_et_Polymnie_-_1652_-_1655.jpg

作品简介： 该作品创作于 1652 年至 1655 年间。缪斯女神是历代艺术家尤其是诗人所崇拜的偶像，叙厄尔在这里描绘了三位缪斯女神：一位拿书，指记忆；一位倾听，指沉思；还有一位拉琴，指歌唱。

看到这幅油画后，小朋友可能会问："难道神话时代就有大提琴了吗？"哈哈，大提琴是大约在 16 世纪才出现的。画家之所以让缪斯女神拉大提琴，其实是结合了自己所处时代的乐器来表现缪斯女神在音乐方面的才艺。那神话中的缪斯女神会弹什么乐器呢？从下面的古代石棺上我们可以找到答案。

大理石棺上的缪斯

作者：不详。

收藏地：法国巴黎卢浮宫。

图片来源：
https://commons.wikimedia.org/wiki/File:Muses_sarcophagus_Louvre_MR880.jpg

作品简介：在古罗马的奥斯蒂亚路旁，人们发现了一座石棺。该石棺大约创作于公元2世纪，这组雕像作为装饰，被刻在大理石棺的侧面，我们可以看到，掌管着艺术和科学的九位缪斯分工明确，各司其职。她们有的拿着书卷，有的捧着里拉琴，有的拿着天球仪……每个人都展现出不同的体态与本领，让我们的生活充满了乐趣与共鸣。原来里拉琴才是古人认为的天神们最常用的乐器呀！再看这个组合，是不是很像动画片里个个本领超群的葫芦娃啊？

求子记
（上）

　　这个故事发生在雅典，故事的主人公是雅典国王最疼爱的女儿克瑞乌萨。一次机缘巧合，克瑞乌萨遇到了来到人间的太阳神阿波罗，然后便不可救药地爱上了他。她瞒着父母偷偷和阿波罗见面，甚至还怀上了阿波罗的孩子。可是，不久后，阿波罗就离开人间，回到了天上，克瑞乌萨不敢让任何人知道，只得悄悄躲到王宫外的一个山洞里，忍着剧痛生下了孩子。

　　刚生完孩子的克瑞乌萨脸色苍白，虚弱无力，她颤抖着把孩子抱在怀里，温柔地亲吻孩子，哽咽着说："亲爱的宝贝，对不起，如果带你回宫，我们就都会被父王处死，父王不会允许我在正式招到驸马前生下孩子的。所以我只能把你留在这里，希望有好心人能收留你。"

说完，克瑞乌萨把孩子放在早已准备好的篮子里，又把信物放进了篮子，然后跪下祈祷道："尊敬的天神们啊，请求你们看在阿波罗的面子上，救救我可怜的孩子吧。"祈祷许久，天已经黑了，克瑞乌萨只得不舍地亲了亲孩子的脸颊，狠心离开了山洞。

回到王宫的克瑞乌萨非常思念自己的孩子，她很想回到山洞抱回孩子，然而总有守卫不许她出宫。终于有一天，克瑞乌萨躲开守卫，找到机会出宫，来到了山洞里。然而，孩子和篮子都已经不见了。一个可怕的念头浮现在她的脑海里：孩子是不是已经被野兽吃了？克瑞乌萨崩溃地大哭起来："我的孩子，我的宝贝啊，你在哪里？是我不好，我不该抛弃你！"

她哭得快要昏过去了，才突然想起：如果是野兽叼走了我的孩子，现场应该是乱糟糟的，野兽也一定不会把篮子带走。或许，是哪个路过的好心人收留了我的孩子。

对，一定是有好心人收留了我的宝贝！

克瑞乌萨止住了哭泣，连忙跪下来感谢天神："感谢神的保佑，求您一定要让我的孩子健康长大啊。"

克瑞乌萨猜对了，孩子的确是在神的帮助下被人收留了。这个神，正是她曾经的爱人阿波罗。阿波罗虽然回到了天上，但他对地上的事了如指掌。他知道克瑞乌萨把孩子留在了山洞中，就让自己的兄弟——神的使者赫耳墨斯，把孩子带到位于特尔斐的阿波罗神庙。赫耳墨斯提着篮子，连夜从雅典飞到遥远的特尔斐，把篮子放在了阿波罗神庙门口。

清晨，神庙的女祭司，也就是专门主持祭拜天神的人，刚打开大门，就发现了篮子中的婴儿。起初，女祭司并不愿意收留这个孩子，她拿起篮子打算把孩子送到遥远的地方去。阿波罗见自己的孩子又要被抛弃，就赶紧向她施了个法术，女祭司一下子就变得心地柔软而富有母爱了。她哄着小婴儿，说："可怜的小家伙，你刚生下来就没了爸妈，以后我就当你的妈妈吧。"

从此以后，女祭司把小家伙当作自己的孩子一样疼爱，还教他管理神庙中献给天神的祭品。来神庙祭祀阿波罗的特尔斐人民都认识了这个孩子，并亲切地称他为神庙的小卫士。

在小卫士成长的这些年里，他的母亲克瑞乌萨也经历了许多变化。那些年，雅典正和邻国打仗，眼看着就要兵败，却忽然来了个名叫克索托斯的男子。他十分喜欢克瑞乌萨，跑去对国王说："我十分喜欢您的女儿克瑞乌萨，只要您能把公主嫁给我，我就帮您打赢这场战争。"国王答应了他，克索托斯帮国王打赢了战争。于是，克瑞乌萨遵从父亲的命令嫁给了克索托斯。

克瑞乌萨和克索托斯结婚后，却一直生不出孩子。多年来，克瑞乌萨夫妇非常渴望能有个小宝宝，想了各种办法，却始终不能如愿。后来，他们找到一位非常厉害的预言家，恳求他想想办法。这位预言家听从了太阳神的指示，告诉他们，只有去特尔斐的阿波罗神庙拜谒，他们才能有孩子。

听了预言家的话，夫妻俩顾不得多想，马上就带着随从，千里迢迢地来到了特尔斐。克瑞乌萨来到神庙里，当她看着阿波罗的雕塑时，想起了自己和阿波罗生下的那个孩子。她不禁暗暗埋怨阿波罗："狠心的阿波罗，你不仅抛弃了我，还遗弃了我们的孩子。我是不得已的，可你却如此绝情。"想到那可怜的孩子，克瑞乌萨在神像前呜呜地哭了起来。

神庙的小卫士好心地走上前去询问道："夫人，您怎么了？您为什么事情伤心？我能帮您吗？"他睁着乌溜溜的大眼睛，满脸同情地望着克瑞乌萨。克瑞乌萨正伤心难过，看到这个天真可爱的小卫士，心想，自己的孩子如果还在人世，年纪应该跟他差不多，不由得对小卫士感到十分亲近。她擦了擦眼泪，对小卫士说："我……我在哭我不幸的命运。"

小卫士挠挠头，满脸稚气地想要找话安慰她，却又不知该说些什么，只好问道："夫人，您看起来既美丽又高贵，应该不是本地人吧？"克瑞乌萨说："我的确不是本地人，我叫克瑞乌萨，是雅典国王的女儿。"

小卫士激动地跳起来："哇！您是公主啊！您的家族可厉害了，有人说您的祖父是从泥土中长出来的，还说他曾经得到过女神雅典娜的祝福，这些都是真的吗？"克瑞乌萨充满爱意地看着小卫士说："是真的。"小卫士啧啧称赞道："夫人，你有如此高贵的血统，竟然还说自己不幸，那我可就称得上是世界上最悲惨的人了……"

"克瑞乌萨！"他们正想继续聊下去，一个男子的声音传来，打断了他们的谈话。原来，是克瑞乌萨的丈夫克索托斯来了。他看到克瑞乌萨哭红的眼睛，以为她受欺负了，就恶狠狠地瞪着小卫士。小卫士尴尬地涨红了脸，克瑞乌萨连忙解释："这位是神庙的小卫士，他是女祭司的儿子。我要是能有这么个儿子该有多好啊，可是……"

克瑞乌萨说着，又流下了热泪。克索托斯连忙安慰她道："夫人，不要太过悲伤了，女祭司正在为我们准备祭祀仪式，要祭拜天神。相信天神很快就会让我们拥有孩子的。"

他们要祭拜哪位天神呢？这里是阿波罗神庙，当然是祭拜阿波罗了！

此时，仆人已经做好祭拜的一切准备工作，便来请克索托斯。克索托斯随仆人出去后，小卫士也走出去忙着打理神庙的事情了，只有克瑞乌萨还悲伤地跪在阿波罗的神像前祈祷。

　　祭祀仪式开始了，克索托斯虔诚地跪在祭台前，请教太阳神阿波罗，如何才能让他拥有孩子。女祭司也跪在祭台旁，接收和传达着神的旨意。过了一会儿，她站起身，对克索托斯说："太阳神说了，你走出殿门时遇到的第一个人，就会是你的儿子。"

　　克索托斯虽然心里很疑惑，但却遵照神的指引，起身向殿门外走去。

　　克索托斯会遇见谁，谁将会是他的儿子？

写故事的魔法棒
你可以晚点再把答案说出来

　　小朋友，喵博士想再告诉你一个写故事的小魔法。

　　有的小朋友说："我最讨厌写作文了，没什么东西可写，只能凑字数，特别烦。"喵博士教你一个办法：你在写作文的时候，就当作是要给别人讲一个故事好了。自己编故事还是很有意思的，对吧？

　　又有小朋友说："就算是编故事，我也编不了几句，就没话可说了。"那么现在，来看看我们的小魔法，以后就不会觉得没话可说啦。

　　今天的小魔法是：你可以晚点再把答案说出来。这是什么意思？我们先给小朋友讲个故事，故事的内容是这样的：你把一只小猫装在篮子里，放进了一个山洞。等你下次去的时候，发现篮子和小猫都不见了。其实，小猫是被人收留了。

如果让你跟别人讲讲这个故事，你会怎么讲呢？有的小朋友说："哎呀，你不是把过程都讲完了吗，我还有什么好讲的啊？不就是小猫和篮子在山洞里不见了，结果是被人收留了嘛！"

其实，这个故事，我们在《求子记（上）》里就讲到了，只不过把小猫换成了小孩儿。我们一起来看看故事里是怎么讲的。

终于有一天，克瑞乌萨躲开守卫，找到机会出宫，来到了山洞里。然而，孩子和篮子都已经不见了。一个可怕的念头浮现在她的脑海里：孩子是不是已经被野兽吃了？克瑞乌萨崩溃地大哭起来："我的孩子，我的宝贝啊，你在哪里？是我不好，我不该抛弃你！"

她哭得快要昏过去了，才突然想起：如果是野兽叼走了我的孩子，现场应该是乱糟糟的，野兽也一定不会把篮子带走。或许，是哪个路过的好心人收留了我的孩子。对，一定是有好心人收留了我的宝贝！

克瑞乌萨止住了哭泣，连忙跪下来感谢天神："感谢神的保佑，求您一定要让我的孩子健康长大啊。"

克瑞乌萨猜对了，孩子的确是在神的帮助下被人收留了。

你看，这么个简单的事情，这样讲的话，读起来是不是一开始很紧张、很着急，到了最后才放下心来呢？这就是我们这次要说的写故事的小魔法——你就算知道答案，也不要急着马上告诉读者，你可以假装自己也不知道答案，和读者一起来分析分析这到底是怎么一回事。

　　你看，在这个故事里，说到孩子不见了，克瑞乌萨先是提出了一个问题：是不是被野兽吃了啊？然后崩溃大哭了半天，接着又像侦探一样推理来、推理去，到最后才揭晓答案：其实，孩子确实是被人收留了。这么写，故事是不是读起来更有意思？

读者互动

　　小朋友，现在，你可以试着自己编个小故事讲给大家听。故事的开头是这样的：小明跟着妈妈去公园。一路上，他只顾着看树上的松鼠，一回头，却发现妈妈不见了。这是怎么回事呢？好想知道你的答案啊！不过，你编故事的时候，记得不要马上说答案哟！欢迎通过微信公众号"喵博士听听"给我们留言，我们会从中挑选出一些特别有意思的，分享给其他小朋友看哟！

求子记
（下）

　　克瑞乌萨夫妻来阿波罗神庙求子，克瑞乌萨跪在神像前哭泣时，丈夫克索托斯得到神的指引，说他走到神庙外面遇到的第一个人，将会是他们的儿子。克索托斯刚刚走到神庙门口，就与神庙里的小卫士撞了个满怀。克索托斯一把抱住小卫士，开心地笑道："儿子！你就是我的儿子！"

　　小卫士用力挣脱克索托斯的怀抱，焦急地反驳道："您在说什么？您是不是认错人了？"

　　"哈哈哈，我没有认错，刚刚太阳神给了我指引，他说我出门遇到的第一个人就是我的儿子。我遇到的第一个人是你，所以你就是我的儿子啊！"克索托斯开怀大笑，小卫士满心狐疑，奇怪地看着他。

这时，小卫士的养母女祭司也走过来，对小卫士说："是的，我可以做证，刚刚是太阳神给了他指引，他出门时遇到的第一个人，就是他的儿子。"听见养母也这么说，小卫士只好勉强答应了。

克索托斯高兴地抚摸着小卫士的头发，说："既然你是我的儿子了，那我就给你取个新名字吧。叫伊翁怎么样？"小卫士从来没有过父亲，所以也开心地接受了。

克索托斯兴高采烈地命令仆人们在巴那萨斯山上举行盛大的宴会，并热情地邀请全特尔斐的人民来参加，他要庆祝自己在阿波罗神庙喜得儿子。对此，克瑞乌萨却感到迷茫不已，不知该如何是好。这时，一个老仆人走过来小声对她说："克索托斯真是奇怪，居然认了神庙的小卫士做义子。太阳神说小卫士是克索托斯的儿子，我看呀，他肯定是克索托斯背着您和别人一起生的孩子！我可怜的克瑞乌萨公主，您被他欺骗了。"

克瑞乌萨先是被迫遗弃自己的孩子，如今又误以为自己被丈夫欺骗，气得火冒三丈，她将卧室砸得稀烂。仆人一边帮她收拾着屋子，一边劝慰道："夫人，我有个好主意，可以帮您除掉那个孩子。只要在宴会上，我将掺了毒药的酒递给那个孩子，您的烦恼就会解除了……"

被愤怒冲昏了头脑的克瑞乌萨竟然糊涂地答应了仆人出的坏主意，她根本不知道，丈夫收养的小卫士就是自己失散多年的亲生儿子！

宴会举行的那天，全城的人都聚了过来，人们唱歌跳舞，热闹非凡。老仆人手执酒壶，悄悄来到伊翁身边，为他斟满了酒。伊翁接过酒杯放到嘴边，正要把酒喝下去，天上的阿波罗连忙施了个法术，让伊翁杯子里的酒全洒了出来。

酒洒在地上，一群鸽子正好从空中飞过，一只淘气的鸽子落到院子里，啄着伊翁洒在地上的毒酒。不一会儿，那鸽子就抽搐着死掉了。老仆人看大事不妙，正要溜走，

伊翁连忙大喊："拦住那个老奴！"

众人虽然不知道是怎么回事，但是还是拦住了老仆人。伊翁一把抓住老仆人，问道："那毒酒是你递给我的，说，你为什么要杀我？是谁指使你的？"老仆人哆嗦着说是克瑞乌萨指使他毒杀伊翁的。

伊翁愤怒地说："我并不愿当别人的义子，但这是神的旨意，我不能抗拒。没想到，我高贵美丽的义母竟然这么迫不及待地要杀我！"在场的特尔斐人民也很愤怒：这位雅典公主竟然要毒杀一个无辜的孩子！大家都

气势汹汹地簇拥着伊翁去找克瑞乌萨，准备好好教训教训那蛇蝎般的公主。

一个机灵的男仆赶紧抄近路去通知克瑞乌萨："夫人！夫人！不好了！毒杀伊翁的事情败露了，老仆人还供出了您，现在，伊翁正带着很多特尔斐人赶过来，他们要来处置您。您快走吧！"克瑞乌萨慌乱地带领着女仆准备逃跑，可伊翁就要到门口了。"来不及了，夫人，您赶快去神庙里躲着，他们不敢在神庙里杀人的，不然就要受到神的诅咒。"男仆慌慌张张地说。

这时，伊翁冲进神庙，怒气冲冲地质问克瑞乌萨："你这恶毒的妇人，我一定要给你这条毒蛇一点颜色瞧瞧。"说着，他就要把克瑞乌萨拖出去。克瑞乌萨害怕地紧紧抓住祭坛不松手，可女人的力气哪里比得过一个健壮的少年，克瑞乌萨还是被伊翁扯到了地上。周围的特尔斐人民也都指手画脚地指责着克瑞乌萨。

天哪！这简直是一场悲剧，儿子竟然要殴打母亲。在天上的阿波罗看到这一切，不由得大吃一惊，他怎么也没料到事情会发展到这个地步，再不出手，伊翁的拳头真的要落在他母亲身上了。阿波罗连忙把事情的真相告诉了女祭司，女祭司知道后，慌忙去拦下了伊翁，并命人去拿收养伊翁时带回的那个篮子。

"母亲，您为什么要阻挡我教训这个恶毒的女人？"伊翁不解地质问养母女祭司。

女祭司哽咽地说："她是你的亲生母亲。"

"什么？"伊翁和克瑞乌萨都惊呆了。

"你们看看这个，这是当年我收养伊翁时，伊翁躺的篮子，里面还有信物。"

女祭司话音刚落，克瑞乌萨就激动地扑上去抱着篮子，悲喜交加地哭喊道："对！对！就是这个篮子！当年，我就是把孩子放在这个篮子里的……"她说不下去了，又转身一把抱住伊翁大哭起来，"原来，原来你就是我的孩子！我的宝贝啊，你是我的儿子啊！"她又哭又笑，像疯了一般。伊翁用力推开她，嫌恶地说："这又是你的诡计吧。刚才你还要毒害我，现在却又说我是你的儿子。"

"不！你就是我的儿子，我是你的亲生母亲。这块布是我亲手做的，上面有我绣的蛇妖图案；小金龙项链是我给你的出生礼物；这永不凋谢的花环则是我从雅典的第一棵橄榄树上摘下来的……"克瑞乌萨泣不成声，把自己遗弃孩子时，孩子身上穿的衣服和身边的物品都描述了一遍。

伊翁拿着信物一件件地对比，果然跟克瑞乌萨所说的一模一样。伊翁呆呆地站着，手中的篮子也滚到了地上。克瑞乌萨又哭着说道："儿呀，这么多年来，我每一天都在想你。我的孩子，我可怜的孩子，我真后悔，我真不该对你做那样丧尽天良的事……"

伊翁怎么也没想到克瑞乌萨竟然是自己的亲生母亲，他无助地望向女祭司。女祭司点点头，说："伊翁，她说的是真的，她真的是你的母亲。这是刚刚阿波罗给我的神谕，他怕你们母子互相残杀，才让我向你说出真相。你呀，差点酿成大祸。"

听了女祭司的话，伊翁跌坐在地上，他为自己刚才的举动而后怕——他差点杀掉自己的母亲。想到这里，伊翁伸出手拥抱痛哭不已的母亲，后悔地说："对不起，母亲。"

克瑞乌萨连连摇头，一边紧紧抱住儿子，一边哭泣着向他说对不起。克索托斯也赶了过来，女祭司向他解释了所有的事情，他震惊无比。但很快，克索托斯就坦然接受了伊翁，他疼爱地抱紧了妻子和儿子。

女祭司又向他们传达阿波罗的神谕：伊翁将会成为伟大的英雄，而克瑞乌萨也会再为克索托斯生一个孩子，这个孩子长大后也会成为了不起的英雄。就这样，克瑞乌萨和伊翁终于相认，他们一家团聚，带着人们的祝福，从特尔斐回到了雅典。

怎么把人写活

小朋友，读完《求子记》的故事，喵博士再告诉你一个写故事的小魔法，这个小魔法就是：怎么把人写活。

我们说把人写活，可不是说把死人写复活啊！而是说，我们写到故事里的人物时，不要把他写得很死板，像个木头人。那怎么把故事里的人变得活生生的呢？小朋友跟我一起回到故事里去看看吧。

故事里有一句话是这么说的：

克索托斯一把抱住小卫士，开心地笑道：

"儿子！你就是我的儿子！"

看到这里，你有没有觉得，克索托斯真是好想认这个儿子啊？

我们先来看看这句话里，克索托斯的动作：他一把抱住了小卫士。你说，他抱住就抱住吧，还非要"一把抱住"。那么，"他抱住小卫士"和"他一把抱住小卫士"，这两句话有什么区别呢？"一把抱住"，是不是让人觉得做动作的人特别激动呢？

我们再来看看他的表情：克索托斯一把抱住小卫士，开心地笑道。你看，这里直接就写出了他很开心。

除了动作和表情，还有他说的话。他开心地笑道："儿子！你就是我的儿子！"他连着说了两遍"儿子"，说明他特别想认这个儿子！

所以，就这么短短的一句话，让我们看到，克索托斯不管是在动作、表情还是语言上，都在告诉别人，他特别想认这个儿子。你仿佛能看到他激动的样子，他就好像活生生地站在你面前一样。

那么如果我们要给别人讲故事的话，要怎么讲才能也把人物讲得活灵活现呢？有一个特别简单的办法。你只要想一想：如果是你，这时候你会怎么样？

打个比方，如果要说一个人激动，那你想想，你自己激动的时候会做什么动作？激动的表情会是怎样的？又会怎么说话？然后，你把这些实实在在地讲出来就可以了。这时候，再在里面加上一点你会的形容词或者比喻，你讲的故事就会非常生动有意思啦！

我们来试一下，例如，你的好朋友在楼下喊你下去一起玩，你可高兴了，这时候你会怎么样呢？你会不会像箭一样地跑下楼，一边跑一边气喘吁吁地大喊："我来了！我来了！"如果这么讲，是不是又简单又生动？人物就一点都不死板了，对吧？

讲到这里，有的小朋友又会追问前面故事里的事：克索托斯那么想认小卫士做儿子，那小卫士是什么反应呢？还记得故事里是怎么讲的吗？故事里是这么说的：

　　　　小卫士用力挣脱克索托斯的怀抱，焦急
地反驳道："您在说什么？您是不是认错人了。"

　　小朋友想想看，如果换了你，一个陌生人跑过来
抱住你，说要认你当儿子，你会是什么反应？你又不
认识他，也没有谁提前告诉你要认这么个陌生人当爸
爸。所以，陌生人要是突然抱住你，你肯定得挣脱啊，
而且还会很用力地挣脱，对不对？然后你会不会很着
急地问他："到底是怎么回事啊？"如果把你的这个
反应写下来，跟我们故事里的句子是不是就差不多了？
这样写起来很简单，人物的形象却显得很生动。

　　所以，我们这次的小魔法就是：当你要讲故事的
时候，在脑子里想想主人公应该是什么样的动作、表情，
应该会说什么话，然后把这些都讲出来，就可以很轻
松地编出各种有意思的小故事啦。

蜘蛛的传说

在一个小村庄里，有一个出身低微却心灵手巧的姑娘。她叫阿拉克涅，她看起来普普通通，却是远近闻名的纺织好手。

一天，她又坐在织布机前织布了。这时，从院子里传来叽叽喳喳的说话声，阿拉克涅知道，是森林里的仙女们又来买她织的布了。阿拉克涅内心十分得意：看，连仙女都来找我买布呢！但她表面上却做出不以为意的样子。

最活泼的小仙女抢先来到织布机前，赞叹地说："哇，阿拉克涅，这个花纹以前从来没见你织过，好漂亮啊。"

　　二姐听到这话，连忙跑过来，她也想看看这布是什么样子："嗯，这花样还真是新奇，做成裙子一定特别好看。"

　　两个妹妹都欢喜地摸着布，讨论着该怎么设计。大姐这才走过来，她是三姐妹中最稳重的一个，她瞪了两个妹妹一眼，责怪地说："你们呀，竟然为了一个凡人织的布如此急躁，毫不顾及自己的身份和仪态，真是两个没见过世面的小丫头。"

　　"大姐，那你可不许跟我们抢！"小妹丝毫不在意大姐的话，只顾着把阿拉克涅织的布紧紧抱在怀里。

　　"哼！"大姐不屑地冷哼一声，也慢悠悠地凑到织布机旁。可当她看到那精美绝伦的花纹后，她立刻掰开小妹的手，把布抢走，然后对阿拉克涅说："阿拉克涅，这匹布我买了。"

　　"大姐，不行！我先来的，这匹布是我的。"小仙女着急地扑过去，想抢回大姐手中的布。

　　"你们都放手，这次该轮到我买了，上次的布就被你俩抢完了，我一匹都没买到。"二姐也扑上去争抢起来。三位仙女为了一匹布吵闹不休，谁都不让谁。

争了半天，那匹布在三位仙女手中被撕成了三块。小仙女拿着自己好不容易抢下来的一小块布，苦恼地说："唉，阿拉克涅每次只能织一匹布，要是还有人的手艺能像阿拉克涅一样高超就好了。"

二姐赞同地点点头："是啊，这样我们就不用抢来抢去了。这都怪雅典娜，她怎么能把自己的纺织技艺只传给阿拉克涅呢？应该多传给几个人，让大家都能织出这么精美的布。"

一直默默纺织的阿拉克涅听到这话，得意地昂起了头，故意皱眉说："什么？雅典娜才没有教过我。这些技艺和花样都是我自己想出来的。"

"是吗？"小仙女不解地说，"可是，大家都说纺织这门手艺是雅典娜发明的，她织出来的布精美绝伦。在这之前，大家都只能穿兽皮。但是她是女神，怎么能天天织布呢？所以她就向人类传授了一点点织布的技巧，这样，人类才能织布做衣服穿。"

接着，小仙女又开玩笑地对阿拉克涅说："雅典娜一定是把最核心的技艺偷偷教给了你，所以你才能织出这么漂亮的布。"

阿拉克涅立马生气地否认道："不可能，我都没见过雅典娜，怎么可能是雅典娜教我的呢？这些方法和花样真的是我自己想出来的！"

大姐不屑地说："大家说你是雅典娜的学生，那是在夸你。你织的布哪里比得上雅典娜女神，你应该以此为荣才是。再说了，就算真的是你自己想出来的，说你是雅典娜的学生也不会辱没你。"

阿拉克涅怒气冲冲地说："我不需要你们这样夸我！你们简直是在侮辱我的纺织手艺，这匹布我不卖了，你们回去吧。"说着，她就要赶三位仙女出去。

三位仙女从未被人这样羞辱过，她们恨恨地放下布说："不卖就不卖，以为我们多稀罕，我们不过是可怜你。夸你是雅典娜的学生那是抬举你，你的技术连雅典娜的一百分之一都比不上。"

阿拉克涅气得发抖，竟然口不择言地攻击雅典娜，说："雅典娜算什么，我织出来的布才是天上地下最好的布。"然后，她把三位仙女赶了出去，砰的一声关上了大门，气呼呼地坐在织布机前又织起了布。

天上的雅典娜听到阿拉克涅说出这么狂妄自大的话，很是不满，决定来会会阿拉克涅。于是，雅典娜摇身一变，变成了一个白发苍苍的老婆婆，拄着拐杖颤颤巍巍地走到阿拉克涅家门口，敲了敲门。阿拉克涅听老婆婆说要买布，便把她迎进了门。

老婆婆用粗糙的手摸了摸阿拉克涅织的布，说："姑娘呀，你真厉害，这布可真漂亮。"阿拉克涅本来很不情愿让这脏兮兮的老太婆摸她的布，但听到她恭维的话，也就默许了，继续一脸得意地织布。

老婆婆接着说："不过呀，我们人类能有布，都要感谢雅典娜女神，要不是她，我们还穿着兽皮呢。"

阿拉克涅一听这话就沉下脸，不高兴地说："老是雅典娜、雅典娜，你们是雅典娜的奴才吗？就知道拍她的马屁。她不就是出身高贵嘛，如果只凭技术，她哪里比得过我？"

　　老婆婆一听这话，赶紧说："小姑娘不懂事，可千万别这么说，要是让神听见了，一定会惩罚你的。我们凡人哪里比得过神呀，姑娘你还是谦虚一点好。"

阿拉克涅不屑地说："老太婆，你是糊涂了吧，我讲的都是事实，雅典娜凭什么惩罚我？"

老婆婆厉声问道："你真的认为雅典娜的纺织技艺比不过你？"

"当然，我的布才是天地间最漂亮的布。就算是雅典娜此刻出现在我的面前，我也要跟她比一比。"阿拉克涅狂妄地说。

"好啊，你这不知天高地厚的凡人，看看我是谁？"说话间，老婆婆变成了光芒四射的女神雅典娜。她低沉着声音问："还想和我比吗，阿拉克涅？"

阿拉克涅从震惊中回过神来，仍然狂妄地大声说："当然要比，我要向人们证明，神没什么了不起，我织的布才是天下第一。"

两人就坐在织布机前开始比赛，屋子里只有机器咔嗒咔嗒的声音。阿拉克涅用余光瞥去，看到雅典娜用一种她从未见过的手法利索地织出了许多精美的图案：有勤劳的人民，还有英雄们保家卫国的故事……一切都栩栩如生。阿拉克涅呆住了，她从不知道布还可以这样织，图案还可以如此精美。可是阿拉克涅还是不肯认输，不肯承认自己的技艺比雅典娜差，她疯狂地加快速度织布，但她织出来的却是嘲笑神的故事，甚至还织出了侮辱雅典娜的图案。

雅典娜愤怒地拿过阿拉克涅织的布，撕得粉碎。她厉声问道："你可知道自己错在哪里？"

阿拉克涅却还昂着头毫不惧怕，一脸无所谓的样子。直到雅典娜施法让她看清自己的技艺不精和狂妄自大后，阿拉克涅才羞愧地躲进房内想要上吊自杀。雅典娜连忙把她救了下来，然后又向她施展神力。刹那间，这个姑娘的身体开始发抖，慢慢缩小、变黑，最后竟然变成了一只蜘蛛！

雅典娜大声宣布："你这个愚蠢又自大的女人！从此，你将永远悬挂在空中，不停地纺织，而且你的后代也将遭受这样的惩罚！"从此，阿拉克涅就只能躲在蛛网里，终日埋头织网。

小朋友，这就是阿拉克涅的故事，她的狂妄自大和不知悔改最终给她带来了巨大的灾难。小朋友一定要记住：谦虚才能让我们学到更多的东西，取得更大的成就！

喵博士艺术小学堂

《阿拉克涅的寓言》

作者: [西班牙]迭戈·委拉斯开兹（1599—1660），文艺复兴后期西班牙伟大的画家之一，主要为西班牙国王腓力四世创作宫廷画。

收藏地: 西班牙马德里普拉多博物馆。

图片来源：Wikimedia Commons
https://commons.wikimedia.org/wiki/File:Velazquez-las_hilanderas.jpg

作品简介：第一眼见到这幅画，你可能会觉得这只是一幅描绘普通织布女工的画吧？但其实里面藏着两个有趣的故事呢！

第一个是我们前面讲的雅典娜和阿拉克涅的故事，小朋友知道左边的老婆婆是谁吗？对啦，她就是伪装了的雅典娜。只见她神情自若，还在跟旁边的女工说话；画面右边背对着我们的阿拉克涅则在争分夺秒地干活，希望取得比赛的胜利。在她们身后一个升起的平台上，是胜负已定的情况下，变回原形的雅典娜呵斥阿拉克涅的场景。

至于第二个故事啊，我们来看最里面墙上的那幅画，你是不是觉得眼熟呢？蓝天上飞着两个天使，下面隐约能看到一头白色的牛，这不正是在《宙斯称王》那本书里介绍过的提香的《宙斯抢走欧罗巴》嘛！这种名画中藏着另一幅名画的画法，是不是很有意思呢？还有个小秘密，提香的这幅画被鲁本斯临摹过，而鲁本斯的画恰恰也被收藏在普拉多博物馆。小朋友下次去参观的时候，可以把这两幅画放在一起看，然后把这个小秘密告诉你的爸爸妈妈！

《抢走欧罗巴》

作者：彼得·保罗·鲁本斯（1577—1640），该画作是提香同名作品的临摹版。

收藏地：西班牙马德里普拉多博物馆。

耐克鞋、奥运奖牌都和胜利女神有关系吗

　　小朋友，读完《蜘蛛的传说》，喵博士又要带大家跟着名著一起去探索一些秘密了。这次要探索的秘密是：耐克鞋、奥运奖牌都和胜利女神有关系吗？

　　在我们刚才讲的那个故事里，出现了智慧女神雅典娜。其实雅典娜不仅仅是智慧女神，还是威风凛凛的女战神。因为她有勇有谋，所以比男战神阿瑞斯还要厉害！作为女战神的雅典娜，最想得到的是什么呢？那当然是胜利啦！这时候，要是有一位胜利女神陪在她身边，该有多好啊！幸运的是，雅典娜的身边真的有一位胜利女神，她的名字叫尼克。

传说，尼克拥有一对美丽的翅膀，手持橄榄枝，能为人们带来胜利。翻到后面的"喵博士艺术小学堂"，你就可以看到胜利女神的雕像啦！

说到这座雕像，那可是相当了不起呢！在《宙斯称王》那本书中说到，有一座断臂女神的雕像——米洛斯的维纳斯，是世界上最有名的博物馆——卢浮宫三大镇馆之宝的其中一个。而我们今天看到的这座胜利女神雕像，则是卢浮宫的又一个镇馆之宝。这座雕像最早是在希腊的一座岛上被发现的——胜利女神矗立在海边的悬崖上，脚下的底座被雕刻成了战船的船头。虽然女神的头和手臂都已经丢失了，但人们还是能感受到她展翅欲飞的风姿，仿佛能看到她正带领着船队，破浪前行。

有的小朋友说，卢浮宫不是有三大镇馆之宝吗，我已经知道两个了，那还有一个是什么啊？另外一个，是油画《蒙娜丽莎》，它是大画家达·芬奇的作品。

我们还是再回来说说胜利女神的事儿吧，关于这位人见人爱的胜利女神，还有哪些奇妙而有趣的故事呢？

先从胜利女神的名字讲起吧！在英语中，胜利女神尼克的名字是"Nike"。小朋友看着是不是有点眼熟呢？好像有一个专门卖运动用品的品牌也叫作"Nike"！对啦！就是那个常常出现在人们的鞋子、衣服上的品牌，标志是一个大大的弯钩。你的爸爸妈妈说不定就有这个品牌的服饰呢。

耐克品牌就是用胜利女神的名字来命名的，预示着要获得胜利！耐克品牌鞋子上的那一对弯钩，象征着胜利女神翅膀上的羽毛，代表着飞一般的速度，也代表着动感和轻柔。

运动品牌使用胜利女神的名字这件事告诉我们，人们不仅用胜利女神来预示战场上的胜利，还用她来代表体育赛场上的胜利。在全世界最盛大的体育赛事——奥运会上，人们也总能见到胜利女神的身影。自奥运会诞生开始，胜利女神像就经常出现在奖牌上。从1928年起，奥运会奖牌的正面图案更是固定下来，每一届的奖牌上都刻着胜利女神像。

你可以仔细看看这幅奥运会奖牌图，看看奥运会

奥运会奖牌

图片来源：Wikimedia Commons
https://commons.wikimedia.org/wiki/File:Beijing_2008.png

奖牌上的胜利女神到底长什么样子。

想不到吧？胜利女神尼克居然有这么多有趣的故事呢！小朋友知道怎样才可以获得胜利女神的青睐吗？其实，只要我们努力、自信，就都可以成为自己的胜利之神！

喵博士艺术小学堂

《萨莫色雷斯的尼克像》

作者：不详。

收藏地：法国巴黎卢浮宫。

图片来源：Wikimedia Commons 发布者：Dileep Kaluaratchie
https://commons.wikimedia.org/wiki/File:Winged_Victory_Of_Samothrace_(33807565).jpeg

作品简介：你知道吗？眼前的这座雕像，原先矗立在爱琴海边的悬崖上，每天吹着海风，沐浴在爱琴海的阳光下，它就是胜利女神像。雕像的设计比较巧妙，将胜利女神设立在乘风破浪的船头上，她如同一面迎风飘扬的旗帜，振翅欲飞。虽然胜利女神的头早已缺失，但雕像呈现出来的她的身姿还是非常美妙的，我们可以清晰地看到胜利女神薄薄的衣裙贴在她健美匀称的身体上，裙摆被海风吹起，彰显出巨大的青春活力。小朋友如果有机会到现场看到她，相信也会像喵博士一样激动不已呢！

女神寻女记（上）

　　宙斯在成为第三代天王之后，设了十二主神共同管理世界。这个故事的主人公就是尊贵的十二主神之一，她相貌端庄、温柔慈爱，是非常正派而又善良的女神。她就是宙斯的姐姐德墨忒尔。

　　德墨忒尔是耕种女神，也称农业女神。她神力巨大，既能使土地富饶、农作物生机勃勃，也能使森林和田野变得荒芜，使万物凋零。她有个可爱的女儿叫珀耳塞福涅，是她的心肝宝贝。

　　有一天，德墨忒尔外出了，女儿珀耳塞福涅则跟着伙伴们跑到山谷里玩耍。她看着漫山遍野灿烂的花儿，兴奋地说："伙伴们，我们分头去采花，编成美丽的花环，看谁编的最好看。"

伙伴们欢呼着，朝着不同的方向跑去，珀耳塞福涅也去寻找美丽的花朵。

这时候，冥王哈得斯正好经过这里。哈得斯专门管理去世的人，长期生活在冥界。他在冥界生活得太久了，看到眼前这个长得如春光般明媚的女孩，立刻被她深深吸引住了。他打定主意，要把这个女孩带回去做妻子。

要是普通女孩，哈得斯直接把她抢走就行了，但这位是农业女神德墨忒尔的女儿啊。德墨忒尔是出了名的爱女心切，她一定不会允许女儿嫁给他这个冥王，这该怎么办呢？

哈得斯苦恼地想了许久，终于想出一条计策来。他躲在一朵绝美的花儿旁边，等候着他的猎物。不一会儿，珀耳塞福涅发现了这朵绝美的花儿，就惊喜地朝着花儿奔过来，小心翼翼地去摘花。就在她摘下花儿的一瞬间，大地突然裂开了，一个阴沉的男人驾着马车出现在她面前。

珀耳塞福涅吓得转身就跑，男人一把抓住她，把她拖上了马车。珀耳塞福涅发出惊恐的尖叫声，男人赶忙捂住她的嘴，驾着马车掉头回到了地下。大地重新合上了，山谷平静得仿佛什么都没发生过。

珀耳塞福涅惊恐的尖叫声传了很远很远，天上的神和地上的人类都听到了。在人间播种的德墨忒尔听到了女儿的尖叫声，急忙飞回山谷，珀耳塞福涅的伙伴们也焦急地寻找她，但都一无所获。一直很强大的女神德墨忒尔现在找不到女儿，就像疯了一样。她抛下所有事务，去大地上的每一个角落寻找女儿。她向所有的神和人问道："你们有谁看见过我的女儿珀耳塞福涅？"可是，她得到的都是令人心碎的摇头。

到了第十天，她含泪向太阳恳求道："光辉的太阳啊，任何事情都逃不过你的眼睛，你可怜可怜我吧，求你告诉我，我的女儿珀耳塞福涅去了哪里？听到她惊恐的喊声，我的心都揪了起来。一定是有人抢走了她！求你告诉我那个坏人是谁！"

太阳神看到这位伟大的女神已经憔悴得如同风中的枯枝，仿佛风一吹就会断，十分同情她，就冒着被哈得斯报复的风险告诉了德墨忒尔："伟大的女神啊，我敬重你，也同情你。所以我悄悄告诉你，是哈得斯带走了你的女儿。可千万别说是我透露的消息。万一以后我有了麻烦，也请你一定要帮我。"德墨忒尔答应了他。

可是，德墨忒尔根本就没办法进入哈得斯统治的冥界。她又悲伤又着急，决定对大地之神不阻止哈得斯带走自己女儿的事进行惩戒。她令地上的一切植物都停止生长，树木掉光了叶子，花朵和青草也枯萎了，原先肥沃的土地变得干旱开裂。饥荒、瘟疫开始在人类中蔓延，走到哪里都能听到人们的哀号，但德墨忒尔沉浸在失去爱女的悲痛中，对此视而不见、置之不理。

这一天，她来到厄琉西斯国，坐在路边的大石头上哭泣，国王的女儿发现了这个痛哭的妇女，好奇地询问她怎么了。德墨忒尔隐瞒了自己天神的身份，只把自己失去女儿的事情告诉了小公主。小公主同情地安慰她，并把她带回了王宫。国王和王后热情款待了她，作为回报，她就留下来照顾国王和王后的儿子。

德墨忒尔非常疼爱小王子。天真无邪的小王子唤起了她的母爱，她不但把小王子照顾得非常周到，而且决定要让小王子像神一样得到永生。她让小王子吸入女神永生的气息，并用神的食物来喂养他。每个夜晚，等所有人都睡着后，她就用神力把小王子放在熊熊炉火中锻烤。小王子开始飞速地成长。但这个举动被一个细心的女仆发现了，她把这件事悄悄告诉了王后。

王后仔细查看睡在小床上的小王子，见他身上没有被火烧过的痕迹，不肯相信女仆的话。女仆为了证明自己没有说谎，在一天夜里，叫醒王后，让王后在德墨忒尔抱走小王子时偷偷跟上去。王后猫着腰躲在一旁，心怦怦直跳，既怕被德墨忒尔发现，又怕小王子受伤。

德墨忒尔像往常一样，把小王子放进了炉子，熊熊烈火燃烧着小王子的躯体。王后看到这样的场景，吓得

几乎晕过去。她尖叫一声，扑过去阻止德墨忒尔："你这个恶毒的妇人，快把我的孩子救出来！我们好心收留你，你竟然做出如此狠毒之事。"

被误会的德墨忒尔生气地取出小王子，塞给王后，愤怒地说："你这愚蠢的人类，睁大你的眼睛看看我是谁。我这么做，是为了让你的儿子像天神一样得到永生，你却让我半途而废！"

　　说完，原本哀怨苍白的德墨忒尔现出女神的真身，光芒四射，让人不敢直视。王后这才知道，原来德墨忒尔是一位女神。她吓得抱紧儿子，瑟瑟发抖，生怕女神发怒，后悔地说："对不起，女神，是我太傻了。求您原谅我这愚蠢的人类吧。要罚就罚我一个人，千万不要罚我的儿子，我愿意做牛做马服侍您。"

　　德墨忒尔会惩罚王后吗？她又能否救回被冥王哈得斯抢走的女儿呢？

写故事的魔法棒

如春光般明媚的女孩，是什么样的

　　小朋友，读了《女神寻女记（上）》，喵博士要再给大家讲一个写故事的小魔法，是什么魔法呢？我们晚点再告诉大家。

　　先回忆一下刚刚的故事吧。故事里讲到，可爱的女孩儿珀耳塞福涅被冥王哈得斯抢走了。你还记得哈得斯为什么抢走这个姑娘吗？故事里是这么讲的：

> 　　他在冥界生活得太久了，看到眼前这个长得如春光般明媚的女孩，立刻被她深深吸引住了。

冥界就是死人待的地方，那里阴森森的，好可怕！那哈得斯为什么会一眼被珀耳塞福涅给吸引住呢？你看，故事里并没有一直说珀耳塞福涅有多漂亮，而是用了这么一句话来形容："长得如春光般明媚的女孩。"这个形容是不是有点特别？我们仿佛看到一个笑得特别灿烂的女孩，站在我们面前。

很多小朋友都知道，这是一个比喻句，它一下子就把珀耳塞福涅又阳光又可爱的特点表现了出来，而且，和哈得斯待着的那个阴森森的冥界，形成了鲜明的对比。就因为这样，哈得斯才一下子就被她深深地吸引住了。

那么，你猜到我们今天要讲的小魔法是什么了吗？对了，就是比喻。好的比喻，能给我们的故事增添很多色彩，常常比直接去写这个人到底是什么模样，还要精彩有趣。

珀耳塞福涅这么可爱，却被冥王哈得斯抢走了，那她的妈妈德墨忒尔得多伤心啊！我们再回到故事里去看看：

> 太阳神看到这位伟大的女神已经憔悴得
> 如同风中的枯枝，仿佛风一吹就会断。

你想啊，枯树枝是不是干巴巴的，一点生机都没有？如果是风中的枯枝，听起来就更可怜了，我们好像能看到这位女神已经憔悴得快要站不稳了。这也是一个比喻句，看，它的魔力大不大？

所以，好的比喻是我们讲故事的好魔法。喵博士再来举几个例子。我们在讲到音乐天才俄耳甫斯的故事时，是这么说他的琴艺的：

> 美妙的音乐像山泉一样哗哗地流淌了出
> 来。在座的人久久陶醉在那优美的旋律中无
> 法自拔。

　　这么一比喻，我们就好像听到了那琴声，它就像流淌的山泉那么美妙！

　　这个故事到了后来，说俄耳甫斯终于见到了心爱的妻子，是这么说的：

　　　　俄耳甫斯没想到幸福来得这么突然，他泪如雨下，倾诉着自己对妻子的思念之情。

　　你看，泪如雨下，把流泪比喻成了下雨，这得是多激动啊？

　　这样精彩的比喻还有很多，例如在《驾太阳车的法厄同》那个故事里，说到法厄同驾驶着太阳车闯了大祸，他自己身上也着了火，还被宙斯的闪电劈了下来，故事里是这么讲的：

　　　　法厄同跌下太阳车，犹如一颗燃烧着的流星，落入大河深处，永远地沉睡了。

看到这样的比喻，你能想象出他坠落时的画面吗？

说了这么多，小朋友是不是摩拳擦掌，也想要来试一试了？有位小朋友去雪山旅游，他说雪山顶上的山峰，就像戳破青天的宝剑。哎呀，这个比喻可真不错！

读者互动

喵博士相信，你也有非常奇妙的想象力，你会把看到的人或者是东西比作什么呢？欢迎通过微信公众号"喵博士听听"给我们留言，把你的想象放心大胆地说出来，我们会从中挑选出一些特别有意思的，分享给其他小朋友看哟！

《哈得斯劫掳珀耳塞福涅》

喵博士艺术小学堂

作者：［意大利］乔凡尼·洛伦佐·贝尼尼（1598—1680）。小朋友还记得在《宙斯称王》这本书中，喵博士为大家展示的《阿波罗与达芙涅》吗？它与现在要讲的这座雕塑出自同一位大师之手。

收藏地： 意大利罗马博盖塞美术馆。

图片来源：Wikimedia Commons 发布者：Int3gr4te
https://commons.wikimedia.org/wiki/File:RapeOfProserpina.jpg

作品简介: 雕塑《阿波罗与达芙涅》和现在要介绍的这座创作于 1621 年至 1622 年间的雕塑是邻居,它们都被收藏于罗马博盖塞美术馆,都是该馆的镇馆之宝。

请大家仔细看一下,雕塑中这两个人物表情各异——哈得斯一脸得意,珀耳塞福涅则面露惶恐,极力想要挣脱。她用左手推开哈得斯的头,但又蜷起手指,并不愿将整个手触及他的身体,她的腿和脚也是紧绷的。小朋友有没有觉得这种表现手法很眼熟呢?对了,在雕塑《阿波罗与达芙涅》中,两个主人公的表情也是像这样形成了鲜明的对比。贝尼尼在塑造人物冲突和形体反差方面的技艺可谓登峰造极。

女神寻女记（下）

德墨忒尔想把小王子锻造成永生的神，却被小王子的母亲打断了。小王子的母亲跪下来恳求德墨忒尔的原谅。德墨忒尔长叹一声说："罢了！罢了！我不怪你，你也只是担心自己的孩子受到伤害，并没有做错什么。可惜了小王子，我原本要把他锻造成永生的神。不过，我还是会赐给他力量，他以后将教人类学会播种和耕地，成为一位了不起的人。"

德墨忒尔慈爱地看着小王子，又想起了自己的女儿，不禁流下泪来，离开了王宫。

王后和国王非常感激德墨忒尔对小王子的照顾和关

爱，小王子长大后，他们还为德墨忒尔建造了一座神庙，专门用来祭拜她。

德墨忒尔走在大地上，看到饥荒越来越严重，人们一个接一个地死去，饥民们哭声四起，但她还是不愿理会，她要逼宙斯答应救回她的女儿后，才肯拯救人类。

虽然宙斯曾经仇视人类，但他现在已经习惯了这个有人类的世界，因为这样才有一派生机勃勃的景象。他担心人类因为德墨忒尔的伤心而灭亡，就派出一位女神当说客，劝说德墨忒尔赶快出手拯救人类。但德墨忒尔不为所动，她怨恨地说："你帮我告诉宙斯，除非他帮我救出女儿，否则我是不会拯救人类的。叫他别白费力气了。"宙斯又派了几位神去劝德墨忒尔，得到的都是同样的答案。

宙斯无奈，只能答应帮德墨忒尔救回女儿。于是，他派神使赫耳墨斯去找冥王哈得斯，向哈得斯说明了现在人间的惨状，请哈得斯放了珀耳塞福涅。

哈得斯十分不情愿，但又不能不给宙斯面子，只好答应放珀耳塞福涅回人间。但在临行前，他让珀耳塞福涅吃下他刚摘的石榴，不知情的珀耳塞福涅就傻乎乎地吃了。这下可坏了大事。

原来，哈得斯曾经也请求宙斯将珀耳塞福涅留在冥界给他做妻子。宙斯那头答应了哈得斯，这头又答应了德墨忒尔，所以，他跟德墨忒尔约定，珀耳塞福涅在临行前，只有不吃冥界的任何食物，才能回到人间。如果珀耳塞福涅吃了冥界的食物，就还得返回冥界。

宙斯派神使去冥界带珀耳塞福涅重回人间。威严冷酷的哈得斯看着珀耳

塞福涅离去的背影，竟然湿了眼眶，暗暗祈祷说："这黑暗的冥界里又只有我一个了。但愿宙斯能履行他的承诺，把我的珀耳塞福涅还给我。"

德墨忒尔在神庙焦急地等着女儿，终于，神使把她带回来了。多年未见的母女相拥哭泣，德墨忒尔一边流泪，一边亲吻着女儿说："我亲爱的女儿，你终于回来了！这些年我已经想你想得快要发疯了！"珀耳塞福涅也哽咽着说："妈妈，我也好想好想你。"两人哭了很久，终于渐渐平静下来。

德墨忒尔突然想起了宙斯的条件，就问女儿："乖孩子，你离开前有没有吃冥界的东西？"

珀耳塞福涅不解地问："妈妈，你为什么要这么问，这又有什么关系呢？"

德墨忒尔把宙斯的条件告诉了女儿，珀耳塞福涅听后如五雷轰顶，瞬间脸色发白，她不敢承认，就支支吾吾地否认道："当……当然没有吃了。"

这时候，神使赫耳墨斯跳出来做证说："我看见了！

她吃了哈得斯给的石榴！"

德墨忒尔不忍心责怪女儿，毕竟女儿什么都不知道。她紧皱眉头，失望地想：难道女儿又要回到冥界吗？不！德墨忒尔握紧拳头，坚定地说："我是绝对不会允许的，不管付出什么样的代价！"

宙斯命令德墨忒尔履行之前的承诺，让神使赫耳墨斯把珀耳塞福涅送回哈得斯身边去。德墨忒尔生气地拒绝了，并拆穿了宙斯和哈得斯合谋的事情。

"我知道你和哈得斯合起伙来要骗走我女儿。如果你真要把我女儿送回冥界，我就和你们拼命！"德墨忒尔大吼道。

宙斯又难堪又愤怒，他的确和哈得斯串通一气，想把珀耳塞福涅留在冥界，这样哈得斯以后就都会听他的了。如今，这些都被德墨忒尔看透了，他只得涨红着脸说："的确，这件事哈得斯做得不对，我也理解你身为母亲的心，但是珀耳塞福涅已经吃了冥界的食物，就必须留在冥界。再说了，珀耳塞福涅已经成为哈得斯的王后，你如果强留女儿在身边，也是在毁掉她的幸福。不如这样吧，一年中大部分的时间让珀耳塞福涅留在人间陪你，剩下的一部分时间就让她去冥界做哈得斯的妻子吧。"

德墨忒尔还想说什么，但宙斯凌厉的眼神扫过来，他的怒气已经让大地开始颤抖。德墨忒尔只好含泪答应了。

"你快去吧，大地上的生命已经快要灭绝了。"宙斯又冷冷地吩咐道。

悲伤的德墨忒尔只能飞回大地，用神力让植物变得茂盛起来。这时候的人类还没掌握种植的技巧，不会播种和耕地，德墨忒尔为了补偿人类，决定把种植技术传给人类。于是，她来到之前去过的厄琉西斯王宫，唤来小王子，把播种技术教给他，并把神龙所驾驶的车赐给他，让他去大地上每一个有人类的地方传播种植的技术。

此后，当珀耳塞福涅回到母亲身边的时候，大地就像德墨忒尔的心情一样灿烂，春意盎然，万物生长，直到秋天迎来丰收。但当珀耳塞福涅回到冥界的时候，德墨忒尔就心情低落，大地也就随之进入冬天，天寒地冻，万物萧瑟，只有等到珀耳塞福涅再次归来时，春天才会到来。

　　这就是女神德墨忒尔寻女的故事。读完了这个故事，小朋友可要记住，不要像珀耳塞福涅一样被陌生的美丽东西所诱惑，不能随便吃陌生人给的东西，更不能跟着陌生人走哟！

小朋友，读完女神德墨忒尔寻找女儿的故事，你有没有觉得，这位女神非常非常爱她的女儿呢？今天喵博士要告诉大家另一个写故事的小魔法，那就是，怎么才能说得出，妈妈到底有多爱你。

我们先回到故事里，去看看女神德墨忒尔到底有多爱自己的女儿吧！

故事中讲到，女神含泪向太阳恳求道："光辉的太阳啊，任何事情都逃不过你的眼睛，你可怜可怜我吧，求你告诉我，我的女儿珀耳塞福涅去了哪里？"这里不仅写到她的神态和她说的话，更重要的一点是，还写出了一种反差。

女神德墨忒尔是谁？她可是十二主神之一，地位非常高，平时受众人景仰和祭拜。而当她的女儿不见了以后，她也像一个普通的妈妈一样，变得又脆弱又无助，甚至向太阳祈求。她的表情和语言，都和她本身的地位形成了很大的反差，这就让人深深体会到，女神真的很爱她的女儿啊！

后来，当女神见到日思夜想的女儿后，一边流泪，一边亲吻着女儿说："我亲爱的女儿，你终于回来了！这些年我已经想你想得快要发疯了！"这里还是和上面一样，有很大的反差——女神一点也没有了往日的威严，从她的表情、动作和语言，都能看出这是一个可怜而又深情的妈妈。

故事再往下发展，女神得知宙斯和冥王哈得斯又要联手骗走她的女儿，她大吼大叫地让神使给宙斯传话说："我知道你和哈得斯合起伙来要骗走我女儿。如果你真要把我女儿送回冥界，我就和你们拼命！"

德墨忒尔一直以来都很稳重，是深受人们爱戴的女神，可是这会儿女儿出事了，她什么也顾不上，甚至还想去跟宙斯拼命。她的这个反应也和她平时的样子，形成了很大的反差。

上面主要是从女神的神态和语言来讲反差，故事里还有很多地方通过动作来表现这一点。

故事讲到，一直很强大的女神德墨忒尔找不到女儿，就像疯了一样。她抛下所有事务，去大地上的每一个角落寻找女儿——连重要的工作也顾不上了，一心只想着女儿，这完全不是万众景仰的农业女神该有的样子啊。

再比如，女神在女儿被抢走后，伤心地坐在路边哭了起来——强大的女神，居然坐在地上无助地哭泣。

如果喵博士问小朋友，你的妈妈有多爱你，你会怎么说呢？你能想起来，在妈妈对你说过的话、做过的事中，有哪些让你印象深刻吗？

有的小朋友说，妈妈说得最多的话就是："还不快去写作业！"哈哈，不要只记得妈妈凶你的话嘛，其实，每位妈妈都特别爱自己的孩子，好好回忆一下妈妈温柔的时刻吧，然后记在脑子里。以后如果你写故事时要用到，就都可以拿出来用啦！

再次提醒小朋友，记住我们今天讲的小魔法哟——一方面，从神态、语言和动作几个角度都可以进行详细的描写；另一方面，如果能讲出一些反差来，那么效果可能会更好！

读者互动

小朋友，今天我们的写作小魔法就讲到这里了。如果你有好听的故事想讲给喵博士或者其他小朋友听，欢迎通过微信公众号"喵博士听听"给我们留言，我们会从中挑选出一些特别有意思的故事，分享给其他小朋友看哟！

喵博士
艺术
小学堂

《珀耳塞福涅归来》

作者：［英国］费雷德里克·莱顿（1830—1896），画家、雕塑家，其创作的作品以历史、圣经和古典故事为主要题材。

收藏地：英国利兹美术馆。该美术馆收藏了诸多 19 世纪和 20 世纪的英国顶级艺术品，其镇馆之宝是英国著名天才雕塑家亨利·摩尔于 1981 年创作的《斜倚的女子》，你可以去找来看看哟！

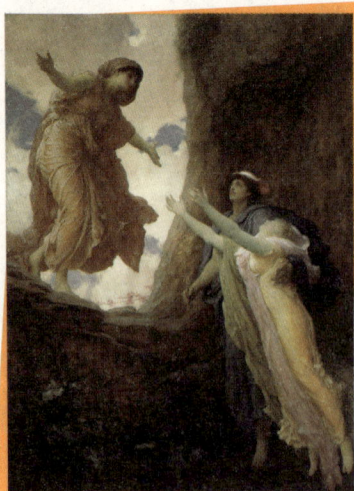

图片来源：Wikimedia Commons
https://commons.wikimedia.org/wiki/File:Frederic_
Leighton_-_The_Return_of_Persephone_(1891).jpg

作品简介： 在我们的生活里，有一个永远关心呵护我们、无论我们走到哪里都惦念着我们的人，那就是把我们带到这个世界上的人——妈妈！这幅创作于 1891 年的油画，再现了珀耳塞福涅在神使赫耳墨斯的陪同下回到大地，见到了焦急等待着她的妈妈德墨忒尔时的情景。"我等你等了好久！"妈妈张开双臂迎接她心爱的女儿，珀耳塞福涅恨不得马上扑到妈妈的怀抱里。在画面上，我们可以隐约看到山洞外已经开出了粉红色的花——珀耳塞福涅回来了，春天也随之到来了！画家将这温馨而令人难忘的时刻永远定格在了这里。

猎户座的传说（上）

夜晚，当你抬头看天空时，是不是能看到很多一闪一闪的星星？如果用望远镜看，你就会发现，一些挨得近的星星组成了一些奇妙的图案，人们就用星座来给这些图案命名，例如狮子座、白羊座等。

其中有一个星座，它看起来像一位拿着宝剑、佩戴着宝石腰带的战士。这个威风凛凛的星座，被人们称作猎户座。在它的旁边，有一个星座也很奇怪，它像翘起尾巴准备蜇人的蝎子，它的名字是天蝎座。

猎户座是不是如它的图案那样，是一位英勇的战士变成的呢？天蝎座又为什么要跟在猎户座身后呢？现在，我们就来讲一讲猎户座和天蝎座的故事。

传说，海王波塞冬有个儿子叫俄里翁，他是一个高大英俊、本领高强的猎人，甚至可以破浪前行。他的打猎技术非常好，常常只需要一小会儿，就能捕到各种凶猛的野兽。

这天，他又收获满满地回到了海王的宫殿，他的爸爸海王波塞冬正好也在。俄里翁高兴地对爸爸说："爸爸，我今天又满载而归了！"但波塞冬并没有露出笑脸，反而忧愁地盯着儿子不说话。

俄里翁奇怪地看着爸爸，问："爸爸，您怎么了？有什么事困扰您吗？儿子愿为您分忧。"波塞冬还是不说话，眉头紧皱地盯着俄里翁。俄里翁心里发毛：爸爸今天也太奇怪了！难道出了什么大事吗？他焦急地追问道："爸爸，到底出了什么事？您快告诉我好吗？"

波塞冬深深地叹了口气说："唉！俄里翁，你已经不小了，到了结婚生子的年纪了，怎么还是一天天地想着打猎？媒人为你介绍了那么多姑娘，你就没一个喜欢的吗？"

俄里翁低下头，好半天才支支吾吾地说："爸爸，其实我……我已经有心上人了。"

听了俄里翁的话，波塞冬激动地站起来，赶忙问："这是真的吗？是谁？是哪家的姑娘？"

俄里翁红着脸小声说："是我在人间打猎的时候遇到的一位姑娘，她是喀俄斯岛国王的女儿墨洛珀。"

海王仰天大笑："哈哈哈，你是我海王的儿子，哪个女子能拒绝你呢？你现在就去喀俄斯岛把那位姑娘娶回来吧。"

"真的吗，爸爸？您真的同意我娶人间女子吗？"俄里翁原以为爸爸不会允许他与人间女子相爱，所以一直没敢告诉爸爸，现在听爸爸这么说，俄里翁激动得快要跳起来。

波塞冬欣慰地笑着说："当然，可不要丢我的脸，一定要好好表现，赢得你未来岳父和新娘的欢心。"

俄里翁听到爸爸的鼓励，连忙动身，兴高采烈地向着喀俄斯岛飞去。

到了喀俄斯岛，俄里翁扑通一声跪在了王宫门口，对侍卫们说："海王之子俄里翁求见国王。"侍卫赶紧进去通报。国王听后，疑惑地想：海王之子？我从来没见过他啊，他突然来访，到底是为了什么呢……

国王虽然满腹疑惑，但还是让俄里翁进宫了。俄里翁来到国王面前时，国王吃惊地张大了嘴。为什么呢？因为俄里翁的身材太高大了，高大到让人吃惊。

国王还没来得及说什么，俄里翁却突然跪了下来。国王吓得赶紧后退了几步。俄里翁诚恳地说道："尊敬的国王您好，原谅我突然拜访。其实今天我来，是希望您能把女儿墨洛珀嫁给我。我几年前有幸见过您女儿一面，从此就深深地爱上了她。"

国王吓得连忙扶住椅子坐下。他实在不太喜欢眼前这个男孩，根本不想把女儿嫁给他。国王努力让自己冷静下来，微笑着说："哦，是吗？可是只有大英雄才配得上我女儿，你算吗？"

俄里翁问："不知
怎么样才算大英雄？"

　　国王略一思索，
说："英雄嘛，必须力
量强大。我先给你一个
考验，在我们国家的森
林里，有一只凶恶的野
兽，已经害了不少人。
如果你能除掉那只野
兽，那就算英雄。"那

只野兽异常凶狠，国王猜想俄里翁一定会被野兽杀死，心中窃喜。

可是俄里翁听到这样的任务，却觉得十分简单，立即痛快地答应了。他拿起弓箭就朝着森林走去，经过一番搏斗，俄里翁毫发无伤地带着野兽回来了。国王这下慌了，他连忙假装嘲讽地说道："除掉一只算什么本事，在我们国家的另一个地方，还有一头更凶残的怪物，你去除掉它吧。"

俄里翁又去了，结果也顺利解决了那头怪物。国王更慌了，只能再想别的办法为难俄里翁，但是都被勇敢的俄里翁一一解决了。

就这样，喀俄斯岛上的坏人和怪兽都被前来求亲的俄里翁除掉了，人们的生活变得前所未有的平和幸福，渐渐地，大家越来越尊重和爱戴这个巨人，都希望公主可以嫁给他，只有国王仍旧不同意。

一天，俄里翁喝醉了，他越想越觉得委屈，就说了一些抱怨的话。这些话很快传到了国王耳朵里，国王大发雷霆，他决定要以此为借口，不但不把女儿嫁给俄里翁，还要给俄里翁一点儿颜色瞧瞧。

国王向酒神求助，希望一直保护喀俄斯岛的酒神能帮他解决这个难题。酒神以为国王只是要小小地惩罚一下俄里翁，就同意了。他把自己的一坛美酒赐给了国王，这酒喝下去，会令人暂时丧失反抗的能力。国王得到美酒后，便邀请俄里翁来喝酒。俄里翁以为国王终于被自己打动，高兴地来赴约了。

"来来来，你为我们国家除去了许多坏人和怪兽，做出了如此大的贡献，我应当敬你。来！喝！"国王不怀好意地劝俄里翁。

俄里翁不明就里，一杯一杯地把酒喝下肚去，不一会儿就昏了过去。国王这才冷笑着，命令侍卫们刺瞎俄里翁的眼睛，并把他扔到了海滩上。

俄里翁的命运将会怎样呢？

天上的星座和希腊神话有什么关系

　　小朋友，读了《猎户座的传说（上）》，喵博士又要带大家跟着名著一起去探索一些秘密了。这次要探索的秘密是：我们熟悉的天上的星座，和希腊神话有什么关系？

　　刚刚讲的故事是猎户座的传说，那么你还知道别的什么星座吗？有的小朋友说："这个我知道，有白羊座、狮子座、射手座等等，一共有十二个。"小朋友说的这个叫十二星座，每个人根据自己的生日，都能知道自己属于其中的哪个星座。不过，除了十二星座，还有很多像猎户座这样有名的星座。

　　既然猎户座跟希腊神话有关系，那么其他星座，难道也跟希腊神话有关系吗？没错！其实啊，大家熟悉的大部分星座的名字，都来源于希腊神话呢！是不是很吃惊？原来读希腊神话，可以学到这么多有意思的知识！有没有发现，你已经比很多其他的小朋友更有学问啦？

　　好啦，我们还是回到星座上来吧。有没有小朋友是双鱼座的啊？你知道双鱼座是怎么来的吗？这里也有一个有趣的传说。

　　你可以先看看下面这幅图，看一看双鱼座到底长什么样子。

图片上的双鱼座，看起来是不是像尾巴相连的两条鱼？你知道这两条鱼分别是谁的化身吗？其中一条鱼，是爱与美的女神阿佛洛狄忒，另一条则是她的儿子小爱神厄洛斯。那么女神妈妈和小爱神怎么会变成鱼呢？别着急，听了下面的故事，你就明白啦。

一天，女神阿佛洛狄忒带着儿子小爱神厄洛斯去参加众神的宴会。这次宴会非常华丽盛大，女神们都打扮得非常漂亮，天神都在高兴地聊天饮酒；再看孩子们，早就坐不住，去玩捉迷藏了！为了热闹，这次宴会还邀请了山林与放牧之神——潘，请他为大家吹牧笛，增加欢乐的气氛。潘演奏得特别卖力，美妙的笛声在天地间回荡。可谁也没想到，这美妙的音乐竟引来了大怪物提丰。这个怪物不仅外表可怕，内心也很邪恶！他伸手把食物推到地上，把美酒倒入水池中，还用可怕的表情吓坏了在场的所有人！大家开始四处乱窜，原本美好的宴会因为怪物的捣乱变成了一场灾难。小朋友，你能想象那种乱糟糟的情形吗？大人们四处奔逃，寻找自己的孩子；孩子们惊恐不已，大声尖叫，有的还被吓哭了。

在混乱中，小爱神厄洛斯和妈妈阿佛洛狄忒走散了。妈妈阿佛洛狄忒惊慌失措，四处寻找儿子，最后总算在一个角落里找到了吓得瑟瑟发抖的小爱神厄洛斯，就赶快将儿子紧紧地抱在怀里。为了防止与儿子再次走散，阿佛洛狄忒想了一个方法，她拿出一条细绳子，一头拴在自己的脚上，一头拴在儿子的脚上，母子二人化身为两条尾巴相连的鱼，最终成功地逃离了这场可怕的宴会。

为了纪念这件事，天神宙斯将两条鱼儿的形象化为星辰，升入星空，这就是双鱼座的由来。小朋友可以给妈妈讲讲这个故事，问问妈妈，你和妈妈是不是也是两条互相依偎的小鱼呢？

喵博士
艺术
小学堂

《维纳斯惩罚丘比特》

作者：［意大利］乔瓦尼·弗朗西斯科·苏西尼（1585—
1653），著名青铜和大理石雕塑家。

收藏地：该雕塑有两个版本，分别收藏于美国纽约大都会博
物馆和法国巴黎卢浮宫。

图片来源：Wikimedia Commons
https://commons.wikimedia.org/wiki/File:Venus_Chastening_Cupid_MET_DP-
1486-001.jpg

作品简介：读了前面的故事，小朋友一定觉得阿佛洛狄忒很爱很爱厄洛斯吧？没错，就像每个妈妈都爱自己的孩子一样，阿佛洛狄忒对厄洛斯的爱也是非常深切的，我们在很多艺术作品中都可以看到他们母子俩一起出现或嬉戏玩耍的温馨场面。

但正如每个小孩子一样，厄洛斯也有犯错误的时候，他的母亲对他的调皮一直很头疼，所以她用最简单粗暴的方式教育孩子——打屁股。

这一作品即描绘了维纳斯（阿佛洛狄忒）惩罚小丘比特（厄洛斯）的情景。该作品创作于 1638 年，我们可以看到，维纳斯高举着手臂和树枝，准备鞭打被她绑在树上的丘比特，而可怜的丘比特见妈妈动真格了，赶紧扭过头求饶。

维纳斯一直给人一种柔美的感觉，这就让本来粗暴的一顿教训变得有些不一样了。在这一主题的大部分画作中，维纳斯都是举起手臂，被定格在蓄势待发的那一刻。当然，维纳斯打丘比特的动作只是世人记录下神话的形式之一。我们知道爸爸妈妈有时候真的是为了我们好，希望我们不要闯祸，但我们也知道使用暴力是不对的，不仅加重了已有的问题，还会对我们的心理健康产生很大的消极影响。所以，小朋友万一遇到这种情况，一定要积极道歉，告诉爸爸妈妈："有话好好说吧！"

猎户座的
传说（下）

前去喀俄斯岛求婚的俄里翁消灭了很多坏人和怪兽，但却一直得不到国王的同意。国王使计将俄里翁灌醉后，刺瞎他的双眼，把他扔到了海滩上。

不知过了多久，俄里翁终于迷迷糊糊地醒来了，他惊恐地发现自己看不见了。他努力回想昏迷之前的事，才明白应该是国王害了自己。俄里翁伤心不已，他咬牙切齿地说："无情无义的国王，我一定会报仇的。"

可是，下一秒，他又颓丧地说："报仇？一个连路都看不见的瞎子，又怎么报仇呢？"

就在俄里翁沉浸在悲伤中的时候，他隐隐约约地听到了打铁的声音："当……当……"他循着声音走过去，走了很久很久，终于找到了声音的源头——工匠之神赫淮斯托斯的家。

工匠之神惊讶地看着这个突然出现的瞎眼巨人，过了好一会儿才认出是海王的儿子俄里翁。他连忙放下工具，扶着俄里翁坐下，说："俄里翁？是你吗？我是赫淮斯托斯，你的眼睛怎么了？"

俄里翁一听到工匠之神熟悉的声音，就激动地流下了泪水。他哽咽着把发生的一切告诉了工匠之神。工匠之神听完后，握紧拳头，气愤地说："竟然还有如此恶毒的人！"他想了一会，握住俄里翁的手，说："俄里翁，我有心帮你，但你的眼睛我真的没办法治好。你只能去找太阳神阿波罗，他也许有办法救治你，我这就让我的徒弟带你去找他。"

俄里翁感激万分地辞别了赫淮斯托斯，开始了求医之路。工匠之神的徒弟带着俄里翁历尽艰辛，终于找到了阿波罗。听了俄里翁的悲惨遭遇后，阿波罗非常同情他，决定医治他的眼睛。他让俄里翁靠近初升的太阳，感受滚烫的火苗。在一阵灼热和刺痛后，俄里翁睁开眼，渐渐看清了东西，他忍不住喜极而泣。

阿波罗看俄里翁随身背着弓箭，像是个狩猎高手，就说："俄里翁，如果你以后没地方去，可以去找我的妹妹月亮女神阿尔忒弥斯，她也是狩猎女神，你可以在她手下做事。"

俄里翁感激地回答说："好！不过，我要先和那个国王做一个了断。"他朝着阿波罗深深地鞠了一躬，就转身向着喀俄斯岛飞去。

俄里翁气势汹汹地向着王宫逼近，百姓们都热烈欢迎，国王却吓得要死。他想逃跑，可是俄里翁已经走到宫殿门口了。国王只得对着酒神的雕像跪下来祷告说："伟大的酒神啊，求求您再救我一次吧。上次的事是我鬼迷心窍，但我也是爱女心切啊。要是落到俄里翁手里，我一定会没命的，求求您救救我吧。"

酒神虽然也恨国王做事太过，刺瞎了俄里翁的眼睛，但若放任不管，任凭俄里翁来复仇，国王一定会没命的。他虽然有错，但罪不至死。酒神只好把国王藏起来，让俄里翁找不到，然后出来劝说道："俄里翁啊，上次的事我也有错，国王更不必说，但他罪不至死，我一定会让他付出欺骗我的代价，你的那一份我也替你惩罚。请你看在我的面子上，就饶他一命吧。"

俄里翁扫视了一圈，没有看到国王的影子，他猜一定是酒神把国王藏起来了。酒神是受人敬重的天神，总不能和他打架，俄里翁只能说："好！既然你开口为他求情，那我就不计较了。如今，我的眼睛已经好了，我也不愿再做无谓的纠缠。"说完，他大步离开了宫殿。

现在去哪里呢？俄里翁觉得自己求婚不成，反而弄瞎了眼睛，实在没脸回去见父母。他忽然记起太阳神的话，就去找月亮女神阿尔忒弥斯，做了女神的一个猎手。

因为本领非凡，俄里翁得到了女神的很多奖赏。在朝夕相处中，女神渐渐对俄里翁有了好感，越来越欣赏他。俄里翁也被女神的风姿所吸引。他们就这样一起打猎、

一起赛马，互相爱慕着，日子过得开心而惬意。

可是，阿波罗听到俄里翁在追求自己妹妹的消息，立刻火冒三丈："我妹妹立志永远保持少女的纯洁，不能嫁人。这个俄里翁不过是一个无能的人，还是个受过我恩惠的瞎子，竟然敢打我妹妹的主意！"他从宫殿飞到妹妹的住处，发现妹妹果然和俄里翁在一起打猎。他阴沉着脸走过去，打断了两人的谈话。

月亮女神惊喜地笑道："哥哥！你怎么过来了？我刚刚还和俄里翁说，你的狩猎技术也很不错，就比我差一点。"

阿波罗没理妹妹的玩笑话，只狠狠地盯着俄里翁。妹妹疑惑地问道："哥哥，你一直盯着俄里翁干吗？"

阿波罗这才转过头微笑地看着妹妹说："没什么，你们是在打猎吗？不如我们来场比赛吧，看规定时间内谁的猎物最多。"

妹妹高兴地说："好啊好啊，好久没有碰到旗鼓相当的对手了，我可不怕你，来吧。"

于是，三个人拿起弓箭开始瞄准。阿波罗有意针对俄里翁，每当俄里翁瞄准一个猎物，阿波罗就更快地放出自己的箭射中那个猎物。比赛结束后，阿尔忒弥斯的猎物最多，而俄里翁一只都没有射中。

阿尔忒弥斯这才发现哥哥好像在有意针对俄里翁，就挽住哥哥的手臂说："哥哥，你心情不好吗？为什么要欺负俄里翁？"

妹妹竟然维护一个外人！阿波罗觉得事情非常严重，因为妹妹曾经恳求宙斯，说她永远不想嫁人，宙斯同意了。如果妹妹违背自己曾经的诺言，就将遭受巨大的惩罚。阿波罗看着妹妹单纯的笑脸，心痛地想，他决不允许这样的事发生，他要想办法除掉俄里翁。

一天，俄里翁在水中穿行，只露出了头顶，阿波罗见状，立刻想出一条计策。他在天上叫来妹妹说："阿尔忒弥斯，我们再来比一比狩猎技术吧。你看到水中的那个小黑点了吗？我们就来射那个黑点，看谁能先射中。"妹妹自信地答应了哥哥的提议。

　　阿波罗拿起弓佯装射箭，但却一直没有动；妹妹抢先射了出去，果然射中了目标。她得意地朝着阿波罗笑笑，然后飞向那个小黑点，想看看那到底是个什么东西。

　　快到跟前时，阿尔忒弥斯才发现有些不对劲，那水中的黑点不是什么东西，而是俄里翁！她慌张地抱住俄里翁，探了探他的心跳，却发现他的心脏早已停止了跳动。她对着哥哥大喊道："哥哥！你救救他，快救救他。"

　　阿波罗无能为力地摊开手说："他已经没有了呼吸，我也没有办法了。"

　　"对不起，都是我的错，对不起。"阿尔忒弥斯抱着死去的俄里翁，不停地痛哭着。冷静下来后，她明白了这一切都是哥哥故意设下的圈套，于是，她发誓永远不再与自己的哥哥相见。所以现在每当太阳落山后，月亮才会出现，而当太阳出来时，月亮就会落下。

　　为了纪念俄里翁，阿尔忒弥斯请求父亲宙斯把俄里翁安置到星座中去，成为拿着宝剑的猎户座。

　　关于这个故事，还有一种说法是：阿波罗向地母告密，说俄里翁扬言要杀尽地上所有猎物。大地之母为了惩罚俄里翁的狂妄，就派了一只毒蝎子咬死了俄里翁。俄里翁成为猎户座后，那只蝎子就成了天蝎座。蝎子和猎人成了仇人，这两个星座也总是一个升起一个就落下，不会同时出现在天空中。

喵博士艺术小学堂

《凡尔赛的戴安娜》

作者： 不详。

收藏地： 法国巴黎卢浮宫。

图片来源：Wikimedia Commons 发布者 Eric Gaba
https://commons.wikimedia.org/wiki/File:Diane_de_Versailles_Leochares_2.jpg

作品简介：说到狩猎女神阿尔忒弥斯，不得不提上面这座雕塑——《凡尔赛的戴安娜》。与罗马神话中的戴安娜对应的就是希腊神话中的阿尔忒弥斯。关于戴安娜的雕塑作品非常多，这件作品可能是其中最著名的一件。在这座雕塑中，戴安娜正用一只手从身后背着的箭筒里抽出一支箭，在她身旁的是她的圣兽——一只梅花鹿。

人类的第一次太空旅行

　　小朋友，喵博士又要带大家跟着名著一起去探秘啦。这次要探索的秘密是：人类的第一次太空旅行。

　　我们刚刚讲的故事是猎户座的传说。之前，我们还讲了双鱼座是怎么来的。星座是不是很有意思？你有没有幻想过，如果有一天，我们也能飞到外太空去，那该多有趣啊！

　　其实，人类早就飞到过外太空了。人类第一次登上月球，是在1969年。那你知道人类第一次进入太空是什么时候吗？告诉你吧，是1961年，比第一次登月要早了8年呢。

让我们回到 1961 年的 4 月 12 日，去感受一下那个激动人心的时刻吧。上午 9 点 07 分，全世界的人都在密切地关注着这一刻。倒计时开始！所有人屏住呼吸，空气仿佛凝固了一样。"5！4！3！2！1！发射！"发射基地一声令下，火箭带着东方一号宇宙飞船，快速地升入天空。此刻，坐在飞船里的宇航员加加林，向地面上的人们道别："我去了！"谁也不知道，他这一去，还能否再回来。对于宇航员来说，代表人类第一次进入太空，既是无比光荣的使命，也是充满危险的挑战。

东方一号飞船越飞越高，渐渐脱离了地球，并开始环绕地球飞行。这时候，飞船距离地球表面足足有 300 多公里。宇航员加加林是第一个在太空中看到地球的人。他被眼前的美景深深地震撼了，忍不住欢呼道："真是太美了！我看见了陆地、森林，还有海洋……"小朋友，猜猜看，加加林绕地球一圈，并返回地球，花了多长时间？他一共飞了 1 小时 48 分钟。这个时间对于你来说，是不是短得还不够去一趟公园？但是加加林却用这 1 个多小时，环绕了地球整整一圈。

那么，人类的第一次太空旅行，是否一切顺利呢？其实，人类在探索宇宙的过程中，总是伴随着危险。小朋友还记得吗？阿波罗 11 号登月时，就发生了各种意外事故。而加加林的这次太空之旅，也是险象环生。

据说，在飞行过程中，飞船和地面上的通信一度发生故障，地面上的指挥中心竟然收到信号说，飞船已经失事了。这可让地面上的人们如同五雷轰顶。幸好那只是一个错误的信号而已，虚惊一场。在加加林要返航降落时，更危险的事发生了。他的座位舱在和设备舱分离时，出现了故障，座位舱疯狂地旋转起来，原本只要 10 秒钟就能完成的动作，竟然花了 10 分钟。好在加加林经验丰富，成功地化险为夷。最后加加林降落到地面时，也远远偏离了计划中的位置。那时，一个小女孩正陪着奶奶在野外劳动，突然看到一个像怪物一样的东西绑着降落伞从天而降，她们吓得尖叫了起来。那正是穿着宇航服的加加林。加加林对她们喊道："我是自己人！"祖孙二人这才好奇地围了过去。后来她们俩才知道，自己看到的，竟然是刚从太空回来的航天英雄加加林。

那么，这次太空旅行是哪个国家发起的呢？这个国家，以前叫苏联，但是后来它解体了，分裂成15个国家。俄罗斯就是从苏联独立出来的超级大国哟！

娶雕像为妻

　　在塞浦路斯这个地方，人们都非常敬重爱与美之神阿佛洛狄忒，人们还定了一个特别的节日——爱神节。每当爱神节来临的时候，大家都会聚集到阿佛罗狄忒的神庙庆祝，并祈求爱神达成自己的心愿。

　　这里有一位技艺精湛的雕刻师叫皮格马利翁，他的雕刻技艺十分了得。一颗普普通通的小石头在他手指翻飞间就变成了一朵花、一棵小树或者一只小狗，栩栩如生。除了这些小玩意儿，他还擅长制作大型雕像。他雕刻出来的英雄个个器宇轩昂、威风凛凛，逼真得让当地的盗贼都提心吊胆，生怕这雕像哪天活了，会来捉走他们这些坏人。

可是，如此技艺高超、无所不能的雕刻大师，却有个怪癖，那就是他从来不雕刻女人。难道是女人的形象太难雕刻了吗？其实，这是皮格马利翁的心病。

这还要从他小时候说起。他小时候居住在一座叫阿玛托斯的城市，那里的人不仅不敬奉阿佛洛狄忒，还十分不屑地说："阿佛洛狄忒算什么神？会支配人的爱有什么用？"

听到这话的阿佛洛狄忒大发雷霆：小小人类竟然不把我放在眼里，那就让你们瞧瞧我的厉害！于是，她施了个法术，让村子里的女人变得野蛮又恶毒。

皮格马利翁小时候经常受到这些女人的欺负和欺骗，长大后的皮格马利翁虽然远远地逃离了阿玛托斯，但他的心早已受伤，再也不愿意相信任何女人，认为女人都是恶毒、刻薄的家伙。所以他坚决不雕刻任何一个女人，即使是天真可爱的小女孩、慈祥善良的老婆婆，他也不愿意雕刻。

　　皮格马利翁来到塞浦路斯后，不交朋友也不想结婚，终日与雕刻为伴，慢慢地，他的雕刻水平越来越高超，名气越来越大。不过大家都在背后偷偷议论他。一个人说："那个皮格马利翁怎么这么奇怪啊，天天一个人待着，也没朋友，又不结婚生孩子，更没有见过他有什么除雕刻以外的爱好。"另一个人说："我看他八成是雕刻雕得走火入魔了，脑子坏了，不然哪个正常人会这么做。"其他人听了，都随声附和。

　　皮格马利翁听到了一些传言，但都毫不理会，依旧我行我素，过着独居的生活。

　　一天，他在珍贵的象牙上雕刻时，突然睡着了，梦里他见到了一位美丽而善良的女人。醒来后，他继续一刀一刀地在象牙上雕刻，但却不知道自己在雕些什么。雕刻了好久，皮格马利翁才回过神来，他被眼前的雕像吓了一跳——这座雕像和他梦见的美丽女子长得一模一样！她的皮肤洁白光滑，一头长发如同瀑布一般，湖水般的眼睛好像在对他默默倾诉着什么，嘴角还带着一丝迷人的微笑……简直完美极了！

皮格马利翁看呆了，他的心怦怦直跳，不由自主地伸出手想去拥抱这个美丽的女子。可当他碰到女子的肌肤时，光滑冰冷的触感让他一下子清醒过来——眼前这个美丽的女孩不是真正的人，而是一座雕像。

"这……这是我雕刻的？"他难以置信地看着自己的双手，又揉了揉眼睛，再定睛一看，女孩还在眼前。"天哪！你完美极了，简直无可挑剔！"他怀疑地掐了掐自己的胳膊，"哟！好疼，这不是梦！这真的不是梦！"他激动地说。

他无法控制自己的心，情不自禁地爱上了这个象牙姑娘，并给她取名为加拉泰亚。他为雕像建造了一间精致的闺房，在里面放上柔软的地毯、芳香的蜡烛，用各种好看的饰物点缀房间，然后小心翼翼地把象牙姑娘放进房间，仿佛在守护一件无价之宝。每当他工作的时候，他就把象牙姑娘搬到旁边，让她看着自己工作。他每天还会与象牙姑娘说话，精心地守护着象牙姑娘。

一年一度的爱神节又到了，人们从四面八方赶到阿佛洛狄忒神庙庆祝。他们献上自己的供品，跪倒在神像面前，在圣坛前焚香供奉，空气中烟雾缭绕。

皮格马利翁也怀着自己的愿望，来参加今年的庆典，以往从来没有人在这个庆典上看到过他。他红着脸把自己的祭品——一头小母牛献给女神，然后虔诚地跪在神像前，吞吞吐吐地说："无所不能的女……女神啊，求您赐我一个和象牙姑娘一样完美的女孩做妻子吧。"

虽然皮格马利翁心里的真实想法是让女神把象牙姑娘赐给他，但他又害怕这要求会让女神不高兴，所以就换了个说法。

隐藏在空中的阿佛洛狄忒高傲地哼了一声："我已经看穿了你的小心思。虽然你所求的和正常人不太一样，但谁叫我是爱神，看在你对象牙姑娘如此痴情的分儿上，我就满足你的心愿吧。"她让祭坛里的火苗跳动三下，暗示皮格马利翁，她答应了请求。

皮格马利翁看到这个吉利的预兆，就千恩万谢地对着神像磕了头，高兴地赶紧跑回了家。

等回到家中，他看到象牙姑娘还静静地立在房间里，心里便疑惑了起来：阿佛洛狄忒女神难道没有答应我的恳求吗？

"唉……"他长叹一口气，失望地走过去拥抱象牙姑娘。可这次，他触碰到的却不是冷冰冰、硬邦邦的雕像——象牙姑娘的皮肤竟然有了弹性和温度。皮格马利翁不知所措，他小心翼翼地伸出手去探象牙姑娘的脉搏，惊喜地发现，她的脉搏正有节奏地跳动着！皮格马利翁激动得眼含热泪，他又颤抖着去探象牙姑娘的呼吸，起伏的呼吸这才让皮格马利翁确定，象牙姑娘真的活了过来！

皮格马利翁激动地抱住了象牙姑娘："你活过来了！你真的活过来了！感谢阿佛洛狄忒女神，您是世界上最美的女神！"皮格马利翁喜极而泣，象牙姑娘则微笑着拍着皮格马利翁的背来安抚他。

不久，皮格马利翁就和美丽的象牙姑娘加拉泰亚结了婚，幸福快乐地相伴了一生。周围的人都对此羡慕不已，向他们献上了真诚的祝福，并把他们的故事流传开来。

后来，人们还发明了一个词，叫"皮格马利翁效应"，这又是什么意思呢？小朋友别着急，喵博士会在接下来的"跟着名著去探秘"里为大家揭晓！

有趣的"皮格马利翁效应"

　　小朋友，读了《娶雕像为妻》这个故事后，喵博士又要带大家跟着名著一起去探索一些秘密了。这次要探索的秘密是：皮格马利翁效应。

　　这个什么皮格马利翁效应，听起来好复杂，但是非常有用，小朋友一定要把爸爸妈妈叫来一起读。为什么呢？因为皮格马利翁效应，就是要让爸爸妈妈对你更好一点，多表扬你，多赞美你！怎么样，喵博士是不是很贴心呀？

　　在这篇《娶雕像为妻》的故事里，有一位叫作皮格马利翁的雕刻师，他爱上了自己制作出来的雕像。

后来，在爱神的帮助下，这座美丽的雕像活了过来，并与雕刻师结为夫妻，度过了幸福美满的一生。

你知道吗？其实，美丽的雕像能活过来，只有爱神的力量是不够的，另一个重要的因素就是雕刻师皮格马利翁的欣赏和赞美。后来，人们从这个故事里得出了一个结论，就叫作"皮格马利翁效应"，意思是说：期待和赞美会产生奇迹，如果一个人不断地被其他人赞美和鼓励，那么他内心就会产生无穷无尽的力量，最后，他可能真的就变成了人们所期待的那个样子。

早在五十多年前，美国的一位心理学家就通过实验证明了这个效应！当时，这位心理学家做了一个"聪明鼠"和"笨鼠"的实验，他把小老鼠们分成两拨，告诉参加实验的学生们："这几只老鼠是'聪明鼠'，那几只老鼠是'笨鼠'，你们带小老鼠们走迷宫，看看它们谁先找到出口！"领到"聪明鼠"的学生开心得不得了，不停地鼓励自己的小老鼠，并带领它们中的大多数成功走出了迷宫。然而，领到"笨鼠"的学生一点也不开心，垂头丧气的。他们觉得自己太倒霉了，怎么领到了"笨鼠"！于是，他们就只是把小老鼠放进迷宫，根本没有心情再去鼓励、帮助它们。于是，更多的"聪明鼠"走出了迷宫，而"笨鼠"们就被困住了。

那么，在这个实验中，被叫作"聪明鼠"的小老鼠真的更聪明吗？现在，喵博士告诉大家一个秘密：其实，这位心理学家是随便挑选出来了两拨小老鼠，也就是说，他根本就不知道哪只老鼠更聪明、哪只更笨，只是给它们起了不同的名字而已。然而，那些被叫作"聪明鼠"的小老鼠因为被大家认为更聪明，得到了很多鼓励和赞美，结果它们确实表现得更好一些！这就是鼓励和期待起了作用！通过这个"聪明鼠"和"笨鼠"的实验，小朋友是不是更清楚皮格马利翁效应是什么意思了？

这个效应在生活中也非常常见。例如，足球比赛中，大家都觉得在主场比赛会有很大的优势。什么叫主场？就是一支球队在自己的地盘与其他队伍进行比赛。例如，北京队和山东队正好在北京的赛场比赛的话，对于北京队来说就是主场，这时候，北京队会占很大的优势，因为北京队的球员能在赛场上得到更多球迷的支持。可别小看了主场球迷的呐喊、助威，这样能帮助球员取得更好的成绩！仔细想想，原来这也是皮格马利翁效应在起作用啊！

这个效应是不是很有趣？小朋友，当你想实现自己的小目标时，一定要告诉自己："我可以的！我一定行！"这样的自信真的会帮助你心想事成哟！你也可以跟爸爸妈妈说："你们要把我当成一个特别好的小孩，这样，我一定会变得越来越好！"

不过，另一方面，喵博士也想跟小朋友说，如果有人批评了你，你也要先谦虚地想一想，自己是不是真的有一些缺点要克服，然后，继续给自己加油鼓劲。这样既能改正缺点，又能充满自信，才能变得越来越优秀哟！

喵博士
艺术
小学堂

《皮格马利翁与加拉泰亚》

作者：［法国］法尔科内（1716—1791），此前我们欣赏小爱神丘比特的雕像时就介绍过这位擅长巴洛克、洛可可和新古典主义风格的雕塑家。随着几部著名作品的问世，法尔科内成为18世纪下半叶极具影响力的雕塑家之一。

收藏地：这座雕像有三个版本，分别收藏于法国巴黎卢浮宫、俄罗斯圣彼得堡冬宫和美国沃尔特斯艺术博物馆。

作品简介：在象牙姑娘加拉泰亚被赋予生命的那一刻，皮格马利翁蹲坐在他"爱人"的身旁仰望着她。终于等到你！两个人目光相对，深情脉脉。小爱神丘比特也在一旁亲吻着加拉泰亚的

https://commons.wikimedia.org/wiki/File:Etienne-Maurice_Falconet_-_Pygmalion_and_Galatea_-_Walters_27387_-_View_A.jpg

右手，为他们送去祝福，幸福就这样到来了。

《皮格马利翁与加拉泰亚》

作者：［法国］路易斯·高菲尔（1762—1801），画家。

收藏地：英国曼彻斯特艺术馆。

https://commons.wikimedia.org/wiki/File:Pygmalion_%26_Galatea_(Louis_Gauffier).jpg

作品简介：在爱神阿佛洛狄忒富有魔力的触碰下，皮格马利翁所雕刻出来的女孩加拉泰亚一下就活了过来。这可把皮格马利翁惊到了——他的梦想令人难以置信地成真了！小朋友，请你仔细看,画面中的加拉泰亚是不是上半身为人身、下半身是雕塑啊?这时的加拉泰亚正在进行从上到下的转化,就像《冰雪奇缘》的大结局里安娜公主由冰姑娘变化成人时的情景一样!爱神阿佛洛狄忒还转过身,仿佛在嘱咐小爱神:"快给他们射金箭,让他们相亲相爱吧。"